ふりむけば パリ 1995-1996

鹿瀬颯枝
Satsue KANOSE

文芸社

まえがき

もう四半世紀前のこと。「1995年度は、特別研究期間としてフランスでの在外研究を許可する」という嬉しい知らせを当時の勤務先大学から受けた。日本では昭和から平成に変わり、欧州では東西ベルリンの壁が崩壊した大きな変動の時代に、私は新設大学で専任ポストが与えられ、必死にあたふたと働いていた。まさか新人の私がサバティカルイヤーの第1号に任命されるとは思いもしなかった。新設大学では新人からベテランまで全員が勤務7年目で特研資格を持っていた。

1995年は1月17日の阪神・淡路大震災に始まり、3月の地下鉄サリン事件、5月パリのサン・ミッシェル広場テロと、すでに私の出発前に多くの不条理な出来事が起きていた。夏に渡仏してからも、秋には過去最大と言われたゼネスト、年明けに自宅の火事騒動、加えて、大物の死が相次いだ。哲学者ジル・ドゥルーズ、作家マルグリット・デュラス、ミッテラン元大統領と多くの方が亡くなった。私自身、日記をつけていなかったら、すべてを記憶に留めることは難しかったろう。当時、備忘録のつもりで到着日から日記を書いていたが、帰国後は書斎の片隅でその存在そのものが忘れられていた。帰国後、再び多忙の渦巻きのようなものに巻き込まれ、教育、研究以外のわずかな時間は、日本公演初のフランス語手話劇『沈黙の子供たち』（１９９７年東京芸術劇場にて上演）の翻訳と字幕作成や、月刊誌『ふらんす』に連載（「舞台裏ノート」他、２００１～２００６年、白水社）など、よく身体を壊さなかったと思うほど働いてきた。我がパリ日記は陽の目を見ることなく25年間も眠っていた。

今回、この日記が『ふりむけば、パリ1995－1996』となって登場することになったきっかけがある。それは2年半前の7時間に及ぶ心臓手術（大動脈弁と弓部大動脈の置換手術）。ＩＣＵで長い眠りから覚めると、何か以前と景色が違う、考え方が違う、生きる歓び“Joie de vivre”《ジョワ・ド・ヴィーヴル》があると感じた。ベッドの上で「私は生きている」という意識から「神様ありがとう、私は生かされている」という感謝の意識に変わっていき、思わず祈っていた。そして、自然にこれまでの我が人生を振り返っていった。術後の全く動かない身体であっても頭はクリアに機能していたので、私の七十余年の人生をゆるやかに繙《ひもと》いてゆくことにした。時間は充分すぎるほどあった。

戦後の混乱期に東京で生まれたこと、68年世代として生きにくさを感じていたこと、70年代にパリ大学留学で目覚めたこと、80年代に日本の恩師の要請に応じて帰国、大学専任教員になってこれまで頑張ってきたこと等々。特に戦後50年、私50歳の１９９５年は、日仏ともに節目の年、激動の1年だった。こうして私のパリ日記は『ふりむけばパリ　1995－1996』となったのである。

その後、現在まで、パリでの大きな出来事を拾ってみると、
1999年1月、欧州経済通貨同盟が発足し、単一通貨ユーロ導入。

2015年1月、パリの風刺週刊新聞「シャルリーエブド」本社で襲撃、パリ周辺でも立てこもり事件、計17人死亡。

同年11月、パリ中心部の劇場やレストランなどで同時多発テロ、計130人死亡。

2019年4月、パリ・ノートルダム大聖堂の火災で尖塔が焼失。

同年12月～2020年1月3日現在、フランス政府の退職年金改革に反撥の交通スト（過去最長）。


ひとことで言うと、パリはテロとストという印象が強い。昨年のショッキングな出来事は、Notre Dame《ノートルダム》が傷ついてしまったことだろう。

2020年を迎えた今、25年前を振り返り、当時の日記に全く手を加えず出版することに何らかの意味があるのではと、少々過激な記述があるのも承知で、今ふたたび1995年から1996年を呼び起こして読んでいただければ幸いである。

2020年1月8日　フランス過去最長のストのため、パリ行きを断念して

鹿瀬　颯枝

もくじ

各エッセイの分類は、以下の通りです

V……Vie（生活）
S……Société（社会）
C……Culture（文化）
T……Théâtre（演劇）

1995年

7月27日　パリ到着

AF275便にて17時20分パリ・ロワシー着。雨。22度。機内で知り合った32歳のダッハウ出身のドイツ人女性と再会を約束して別れる。一路、タクシーで友人宅へ。玄関には家族全員が心配して待っていてくれた。道路が混んでいていつもの倍ほど時間がかかってしまったから。まずは、夫に無事到着の電話。後は、簡単に荷解きをして、バタンキュー！

7月28日　サン・ジェルマン・デ・プレの新居

時差のせいで、やはり早く目が覚める。今回は大学の在外研究期間として8カ月パリで暮らすのだから、家捜しから始めなくては。ちょうど、今日が発行日の「フランス・ニュース・ダイジェスト」で、ピッタリの物件を見つけた。あまりのタイミングの良さに、ためらってしまったけれど、早速、電話をしてみる。〈貸しステューディオ　家具付　35㎡　St Germain des Prés（Odéonより50ｍ）台所風呂洗濯機ＴＶ完備　月５０００Ｆ《フラン》管理費込み〉明日、朝9時30分に物件を見せてもらうことにする。今日はもう一つすることがある。警察に出頭して、滞在許可証の申請をすること。というより、申請のために必要な事項を訊いてくること。これは住む場所によって管轄が違うので、やはり、住まい探しから始めなければならない。

V　7月29日　キャトル・ヴォン通り7番地

9時30分、7, rue des Quatre-Vents, Paris-75006で、家主のムッシュー・パトロン（パトロンという苗字だなんて、面白い！　最初は冗談かと思ってしまった）に会って、スチューディオを見せてもらう。約束の時間より早く目的地に着き、懐かしきこの界隈を散策。ここは私が学生時代に暮らしていた処だ。正確には24, rue《リュ》 St《サン》 Sulpice《シュルピス》の4階に住んでいた。その隣の通りがこの「四つの風通り」、rue des Quatre-Ventsなのである。今度は5階で、同じように梁が特徴の、古い建物。以前のは18世紀、今回のはなんと16世紀末の建築だという。外観は本当に古びているけれど、35㎡の内装には一目惚れしてしまった。それにオーブン、コーヒーメーカー、アイロン、掃除機まで付いているので、すぐに暮らせる。幸先の良いスタートだ！

T　7月30日　コメディー・フランセーズの『ドン・ジュアン』

私の家主になったムッシュ・パトロンと契約書を交わし、鍵を受け取る。日本のように礼金はいらないので、2カ月分の保証金のみでよい。これで名実ともにサン・ジェルマン・デ・プレの住民となったわけである。

一仕事をした感じがして、コメディー・フランセーズのマチネで『ドン・ジュアン』を観ることにする。何回目の『ドン・ジュアン』だろう？　やはり、当たり外れがあるものだなぁとつくづく思う。今回のは途中居眠りをしてしまった。相棒のスガナレルは悪くなかったけれど、肝心のドン・ジュアンがなんとも平凡、無味無臭。私の大好きなエルヴィールの名場面もつまらない、迫力に欠ける。モリエールが怒っていないだろうか。本人に訊いてみたいものである。

V　7月31日　警視庁訪問

街のあちこちにお巡りさんが立っている。地下鉄の車中も地下街にも。昨日はコメディー・フランセーズの入口でバッグをチェックされた。今日は滞在許可証のために訪ねた警察で持ち物検査を受けた。これは、ひとえに、先日のサン・ミッシェル駅で起きた爆弾テロのせい。確か、4、5人亡くなって、60人近い負傷者が出たはずだ。東京ではサリン事件、パリでは爆弾テロ、なんとも物騒な世の中になったものであるが、たとえ、何度か起きても、こんなことには慣れたくない。お巡りさんに囲まれた感じで、滞在許可証の申請を済ませた。8月21日午後1時に警視庁で研究者用の滞在許可証が下りる予定。少しずつ、パリ暮らしの態勢に入っていく。今日で、パリ到着後、5日目である。

8月1日　「四つの風」の物語

今日から「四つの風通り」の住民である。電気EDFと電話 Télécom に申し込む。フランスでは、いずれも賃貸契約書があれば登録できるし、翌日には取り付けOKである。もう一つ、住民にとって大事なことは住宅保険に加入すること。これは大家さんが使っている保険会社に代理で申し込んでくれるとのことで解決。

8月4日　引っ越し日

引っ越しといっても、計39キロのスーツケースのみ。パリ大学の友人アンドレが手伝いに来てくれる。友人宅のサスケ（私の仲良し、黒猫）にもお別れを言って、新居へ。問題はエレベーターのない5階に荷物を持って昇らねばならぬということ。でも、あっという間に、アンドレが全部持っていってくれた。やはり、女は「か弱き者」？　明日から、オーストリアにヴァカンスに出かける彼は、今日のうちに全部済ませてくれたのである。感謝。

V

8月5日　隣人は美しいモナコ人女性

一日中、引っ越しの片づけ。隣は、とても感じのよい美人のモナコ人女性アレクサンドラ。早速、彼女のアパルトマンを見せてくれて、自己紹介。大手の電気メーカー・フィリップスに勤めている人で、やはり、この物件に一目惚れで1カ月前に越してきたとのこと。大家さんが言っていたけれど、安心できる隣人たちばかりのようだ。

S

8月6日　HIROSHIMA《ヒロシマ》 6 août 1945 8h15《1945年8月6日8時15分》

“Hiroshima, la mosaïque des mémoires”《ヒロシマ、記憶のモザイク》　le Monde《「ル・モンド」紙》
“Hiroshima, pour mémoire”《ヒロシマ、記憶するために》　Libération《「リベラシオン」紙》

今日は、1945年8月6日午前8時15分、広島に原爆が投下されて50周年を迎える、忘れられない、忘れてはいけない記念日である。広島出身の両親が東京で暮らしていたおかげで、私は助かった。もし、あの時、広島に住んでいたら、私は胎内被爆児だったはず。実際には、半月後に、東京で生まれた私である。

毎年、8月になると、「あれから何年」と必ず新聞・雑誌に特集記事が載る。それは8月6日の原爆記念日に始まり、8月15日の終戦記念日に終わる。そして、その後に私の誕生日がやってくる。今年は戦後50周年、私の50周年でもある。ふりかえってみよう。わたしが、終戦後1週間して生まれたことの意味を考えてみよう。まずは、今日の新聞を買うことから始めた。

8月7日　クレディ・リヨネ銀行

治安の悪いパリで暮らすには、やはり、現金は持たないようにして、小切手とカードの生活様式にするべきと思う。以前、学生時代に住んでいた頃は、ソシエテ・ジェネラル銀行の口座を持っていたのだけれど、今度は、友人たちに勧められて、日本人担当者のいるクレディ・リヨネ銀行に口座を開設することにした。本店に11時の約束だったので、必要そうな書類を用意して出かける。日銀の本店よりも立派な建物に圧倒されてしまう。便利になったものだ。小切手の住所は、日本の自宅、明細書は現住所に送ってくれるという。

V

8月8日　マレー地区のダンスセンター

クラシックバレエを始めたのは、いつからだろう。パリ大学で学部の授業として「ダンス」があったのが、きっかけだったと思う。マレー地区のこのダンスセンターは、友人アリシアが教えてくれた。帰国後も、毎年夏にパリに来るたび、このアトリエでバレエレッスンを受けてきたけれども、今回はしばらく続けられるのが嬉しい。以前の先生たちも皆健在である。早速、今週から始めよう。

S

8月9日　NAGASAKI《ナガサキ》 9 août 1945 11h《1945年8月9日11時》

フランスはシラク大統領が核実験再開宣言をして以来、四面楚歌であるが、時代錯誤のトンチンカンは、大統領とその側近たちだけのようで、「ル・モンド」紙も、大統領批判をしていた。

今週は、新聞・雑誌を始めとしてテレビも「ヒロシマ50年」を特集しているが、今日の「ナガサキ50年」は少ない。しかし、チャンネルF2が22時30分から組んだ1時間の特別番組"NAGASAKI-la mémoire atomisée"《ナガサキ—原爆の記憶》は、実に質の高い素晴らしい番組だった。日本でも観たことのない当時の映像を使って。フランスにはシラクみたいな人もいるけれど、こんな凄い番組を作る人もいるんだなあ。

C　8月10日　インテリ向けテレビガイド「テレラマ」

1995年現在、フランスのテレビ局はTF1、F2、F3、Arte《アルテ》、M6、そして有料のC＋《カナール・プリュス》とで、6チャンネルある。当然、日本みたいに週刊テレビガイドというのが何種類か発行されているけれど、その中に、テレビガイドとは思えないインテリ雑誌「テレラマ」というのが存在する。フランスのテレビ番組には良いのと悪いのとの差が激しい。その良いほうの番組を丁寧に紹介（関連記事も含む）しているのが、この雑誌。

今週の特集は"Août 45 Hiroshima Nagasaki ― LE MENSONGE"《（45年8月広島・長崎―嘘）》。これは今日23時30分から0時50分まで、F3が「歴史の問題」というシリーズで取り上げた"Hiroshima"という番組を詳しく解説したものである。テレビを観る前に読んでおくと内容が大変よくわかるので、私には大助かり。この「嘘」というのは、広島・長崎に原爆を投下したのは「戦争を早く終わらせるため」というアメリカの大義名分を、1時間20分かけて、淡々と暴いていくものである。最初に8月6日の広島ドキュメンタリーフィルムを見せる（解説なし。音楽のみ）。次に、原爆投下に関係した当時のアメリカ軍人にインタビューしたものを紹介（登場するアメリカ人は、皆、自分たちの行為を「一度も後悔したことはない。人々を救ったという誇りを持っている」と笑顔で答えている)。最後に、多大な資料を提供しつつ、アメリカの嘘を暴いていく。日本は、既に45年5月に戦争を終わらせたいと持ちかけているのに、アメリカは、新兵器・原爆を試したいという欲望とソ連に対して自国の権威を誇示したいという欲望とで、戦争を延ばし、原爆を投下したというものである。締め括りとして、広島で、かなりの被爆者にインタビューし、コメントを紹介していた。番組のコメンテーターはいなくて、ただ、当時のフィルムと当時の人たちの現在の感想を日米の両方から採っているという形式。かなり辛口の番組構成がとても良かった。視聴者は自分で考え、判断せよと言っているのだ。

8月11日　ジムナズ劇場の老婦人たち

ジムナズ劇場というのは、パリの下町10区に古くから存在する劇場なのだけれど、今日はマチネで、“Il était une fois l'opérette”(「昔々、あるところにオペレッタというものがありました」)という、まさに古き良き時代のオペレッタを中心とした歌とダンスのショーがあった。ジムナズ劇場は建物も素晴らしいし、数少ない夏の芝居は逃さずに観ようと出かけてみると、満席の観客は、まるで、老婦人の団体貸し切りのよう！　ショーが始まってから謎が解けた。ジョゼ・ヴィラモールという歌手のワンマンショーに近い。この中年の歌手を私は全く知らないが、彼が歌うオペレッタは多少なりとも知っている。きれいにおしゃれをした老婦人たちは、この昔懐かしいオペレッタを聴きにきたのだ。いや、「聴く」というより、歌いにきたのだ！彼が歌い出すや否や負けずに皆歌い出してしまう。私の隣も前の席も、右に左に身体を揺すりながら歌っている。ペンライトがないだけで、ちょうど、日本の懐かしのメロディーを披露する番組で、森進一が「影を慕いて」を歌っている感じである。観客は当時を偲びながら、共に歌い、共に酔う。少なくとも、私はオペレッタを期待していったのだけれども、まるで、場違いなところにはまり込んでしまったようだった。それで、周囲を観察していたのだけれども、私と目が合うと誰もがニコッと会釈してくれる。今日は、かつてのパリジェンヌたちの同窓会みたいなものなのだった。

8月12日　リュクサンブール公園での読書

今日は、また31度と気温が上がり、夏休み真っ只中を実感。最近はフランス人も休暇を1カ月まとめて取らずに、2週間ずつ分けて取る人が増えた（中には1週間ずつ取る人もいる）ので、この週末は「出かける人・戻ってくる人」で大渋滞が予想される。7、8月は中旬と月末に必ずこの大渋滞がやってくるのに、それでも、出かける人たち。もっとも、日本でもこの時期はお盆の帰省客でごった返すから同じかもしれない。私は在仏半月目の今日、やっと大好きな本屋さん巡りをし、新刊を買い漁り、リュクサンブール公園へ。早速、広げてみたものの、読み始めたのは、夫の『過去の克服・二つの戦後』（ＮＨＫブックス）。もう２刷りをもらっているのに、なかなか落ち着いて完全に（？）読み終える時間が取れなかったので、パリに着いたらまず夫の本からと思っていた。日本で読み始めた時には「難しくて」と弱音を吐いていたのだけれど、お気に入りの場所（リュクサンブール公園のオデオン寄りにあるディアンヌの泉の前）で、椅子を２つ並べて、足を投げだし、ゆったりと読み始めると、何と良く理解できることか！　ヨーロッパのことを書いた本（ドイツの敗戦について）は、ヨーロッパで読むほうがわかりやすいのかしら？　それとも、戦後50年の８月15日が近いから？　いずれにしても、夫の仕事が少し良く理解できてよかった！

８月13日　日曜日の教会巡り

日曜日は、教会の鐘の音で心地良く目覚める。すぐ近くにサン・シュルピス教会（パリでは、２番目に大きい教会だそうである。17世紀半ばに建設が始まり、なんと出来上がったのは18世紀後半というから、１世紀以上も完成までにかかっている！　なんでも、財政困難で長い間中断になっていたとか）があり、日曜日は、10時30分、12時05分、18時45分と３回、ミサを告げる鐘が鳴る。教会入口には、初めて来た人のために、ここがカトリック教会であることや、どういう形式のミサをやり、どういう活動をしているかの説明があり、その横には、近くにあるプロテスタント教会や外国教会の住所なども、丁寧に紹介してある。私は、この教会が大好きなのだけれども（以前もこの近くに住んでいたせいだろうか）、プロテスタントなのだから、もう少し先にあるリュクサンブール教会Eglise réformée-Luxembourg《エグリーズ・レフォルメ・リュクサンブール》に行くことにする。この辺り、他にもサン・ジェルマン・デ・プレ教会、サン・ジュリアン・ポーブル教会とパリで一番古い教会が２つもあるのだ。

C

8月14日　教会とカフェ

ヨーロッパでは（といってもフランス以外は詳しくないけれど）、大都会でも小さな村でも、必ず教会の前か横にカフェがある。教会を中心に街ができているので、教会の前は広場（中心には噴水）で、役所、パン屋、薬局、キオスクなどと並んでカフェがある。

我が家の近くでも、サン・シュルピス教会の横にCafé de la Mairie《カフェ・ド・ラ・メリ》、サン・ジェルマン・デ・プレ教会の前にDeux Magots《ドゥ・マゴ》があり、すぐそばのキオスクで新聞を買うお客たちが常連で来ている。「ドゥ・マゴ」の場合、常連客と観光客とが半々くらいかな。眺めていればすぐにどちらかわかる。もうサルトルもボーヴォワールもいないけれど、常連客の質は高い。

S　8月15日　日本の終戦記念日、フランスの聖母被昇天日

「ル・モンド」紙（夕方から翌日付で発売になる新聞）のトップ記事は、Le Japon rejette《ル・ジャポン・ルジェット・》“tout nationalisme égoïste”《トゥ・ナショナリズム・エゴイスト・》 et s'excuse pour son agression durant la guerre《エ・セクスキューズ・プール・ソン・アグレッシオン・デュラン・ラ・ゲール》「日本は『あらゆる身勝手な国家主義』を拒否し、戦争中の侵略に対して謝罪する」という大見出し。「侵略後50年、東京は初めて“profonds remords”《プロフォン・ルモール》『深い後悔』を表明」という文で始まり、8月15日、日本の戦後50周年記念式典で、村山富市首相が第2次世界大戦中に日本が犯した侵略行為を認めたことを述べている。首相の表明は、天皇の責任問題に触れることは拒んだけれども、これまでにない明確なものであったと「ル・モンド」の東京特派員フィリップ・ポンスは記事を送っている。だが、やはり一言、この戦争責任は誰にあるのかと残しつつ。

こちらは、今日、Assomption《アソンプシオン》（日本語では聖母被昇天日とか訳されているけれども、誰もピンとこないと思う）といって、聖母マリアが昇天したことを祝う日である。Ascension《アサンシオン》（キリストの昇天日）とよく混同されてしまうが、無理もない、カトリック宗教祝日で、日本人には馴染みがないのだから。スペインのようにマリア信仰の強いところでは特に大事な祝日ではなかったかと思う。パリでは礼拝の後、いくつかの教会でコンサートがあったようだ。

8月16日　サリバ家の晩餐会

昨晩、20年来の付き合いになるサリバ家に招かれて夕食をご馳走になった。その昔、私が長男ラファエル（当時2歳）のベビーシッターをしたことが縁で、今日まで家族ぐるみのお付き合いが続いているのだけれど、夜7時過ぎにお邪魔して、おいとましたのが午前1時！　いつものことながら、フランスの夕食は、食事と会話がワンセットという感じで、とても長い。

ちょうど、今、フランスでは、「広島・長崎50年」というテレビ番組があって話題になっていたし、昨日は、村山首相の戦後50周年記念での表明があった。ブリジットもジャックも声をそろえて、「広島・長崎」のことをこんなに詳しく知ったのは初めてで、「核」というと、ポジティブな原子力産業というイメージのほうが強くて、ネガティブな核兵器としてのイメージは弱く、鈍感だったという。今度初めて、核実験に強く反対しているという。これが平均的フランス人の意見ではなかろうか。いつだったか日仏の自動車産業について激論を交わしたのを覚えているが、いつも話題には事欠かない。今年は阪神大震災の時に、丁重なお見舞いの手紙をもらっていたので、そのお礼を言ったら、その後に起きた地下鉄サリン事件に話題が移り、パリの地下鉄テロ事件と続く。気が付いたら、もう午前様という次第である。

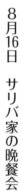

8月17日　エトワールの凱旋門脇で起きた新たな爆弾テロ事件！

何ということか！　今日午後5時5分、エトワール広場でごみ箱が大きな爆音とともに爆発、17人の負傷者が出た。シャンゼリゼ寄りの凱旋門脇だから、被害者は観光客が多かった。ハンガリー人、イタリア人、ポルトガル人等々。前回の地下鉄サン・ミッシェル駅内で起きた爆弾テロと同じ手口だそうである。同じ時刻、同種類の爆弾、同じく観光客の一番多い場所、そして同じＲＥＲ（首都圏高速鉄道網）の駅内または出口近くというふうに。

３週間前の7月25日に起きた最初のテロは、死者7名、負傷者80名だったが、今回は地上で起きたので負傷者が17名と少なかったのがせめてもの救いである。消防車、救急車、警察の対応が素早く、ジュペ首相も事件発生1時間後には現場にいたとのこと。フランスの危機管理が優秀であることは、阪神大震災の時に、外国では一番早く、しかも完全に自前の救助態勢を調えて待っていてくれた（残念ながら、日本側の要請が非常に遅かったが）ことで証明済みである。テロに関しては、喜ばしいことではないが、フランスは１９８６年の連続テロ事件（この時も私はパリに滞在していた、学位論文のために）以来、態勢が強化され、対応が早い。私が事件を知ったのは、いつも見ている午後8時のニュースによるが、現場のすぐ近くに事務所を構えている広瀬さんは爆発音を聞いたそうである。私も昨日は午後5時近くまでいたし、明日も午後行くことになっている。たまたま今日行かなかったのだけれども、あのＲＥＲの出口も、そばのキオスクも、デンマークの店（緊急救助場所になった店）もよく知っているところだ。今年は日本でも、フランスでも、事件が多すぎる、私の行く先々で……。

8月18日　シャンゼリゼと警察と観光客

エトワールの広瀬事務所（ＥＨＰ）に出かける前に、キオスクで、「ル・モンド」、「ル・フィガロ」、「リベラシオン」、「フランス・ソワール」と、いくつかの新聞を買って、カフェに入る。オデオン駅前のカフェ「ダントン」に入ったのであるが、テラスの客たち、それぞれに新聞を読んでいる。私みたいに多く新聞を買い込んだのはいなかったけれど。どの新聞も、この事件はトップ記事で、「新たなテロリズム」という言葉が、慎重に、あるいは、過激に、取り上げられている。現場近くのシャンゼリゼは野次馬観光客と同じくらい警官の姿が見られた。もしかしたら、シャンゼリゼは今一番安全な場所になったのかもしれないなあ。複雑な心境だ。

8月20日　パリ・リュクサンブール・プロテスタント教会

以前から日曜日には教会の礼拝に出席したいと思いつつ、今まで行けなかった。今日、やっと一番近くにあるプロテスタントの教会Eglise réformée de Paris-Luxembourg《エグリーズ・レフォルメ・ドゥ・パリ・リュクサンブール》の聖日礼拝に出席した。礼拝の形は大体似たようなものであるが、当然のことながら、全部フランス語なので戸惑った。賛美歌もよく歌えないし、牧師の説教も今一つよくわからなかった。聖餐式は出席者全員で輪になって、順番にパンを受け取り、ワインは大きなカップを回して飲んでいく。「神とともに」と言いながら。礼拝後は「友情の杯」Verre d'amitié《ヴェール・ダミティエ》という出会いのひとときがある。今はヴァカンス中なので参加者が少ないけれども、9月にはどっと増えるそうである。リュクサンブール公園のすぐ近くなので、今朝は公園の中を通り抜けて行ってみた。

8月21日　私は鹿瀬か、山本か？

私は結婚して戸籍上は山本になったが、一般に仕事では、通称として旧姓の鹿瀬を使っている。フランスのようにYAMAMOTO-KANOSEと書けないので、面倒でも両方の名前を使い分けている。フランスに来る前に、パスポートセンターで旧姓も明記してほしいと交渉したが、前例がないとか、戸籍以外の名前は駄目とか、とにかく「丁寧に」断られた。

今日、パリ市の警察庁に滞在許可証の申請に行ったら（先月31日に行った時は書類チェックだけで、今日が正式の申請日）、「既婚」と記入した私の書類を見てもパスポートにはどこにも既婚と明記されていないものだから、Nom de naissance《ノム・ドゥ・ネッサンス》（旧姓というより、生来の名前という意味）が山本という判断をして、「独身」で申請されてしまった。抗議をすると、「フランスでは、パスポートから自分の名前（生来の名前）がなくなるということは考えられない。既婚というなら、結婚証明書か戸籍謄本の公的翻訳を持ってきなさい。でなければ、独身で申請します。既婚か未婚かは、たいした問題ではありませんから」と言う。カルチャーショックだ。確かに、フランスでは3組に1組は離婚歴があるとかいうけれど。私は嘘をついていることになるのが嫌で、「日本大使館で謄本を翻訳してもらってくる」と言うと、「今回はもう、これで申請するから、来年の更新の時にしたら？」との答え。ちなみに、来年3月末には帰国するのだから、「更新の時」はありえないが。呆気にとられているうちに、手続きは終わってしまった。10月20日に滞在許可証が発行になるそうである。どんな滞在許可証をくれるのかな。

日本では、旧姓を絶対に記入してくれない。フランスでは、旧姓を明記しなくてはいけない。

⑦ 8月22日　パリで最古のサン・ジェルマン・デ・プレ教会とヴィヴァルディ

我が家の近くには、完成までにフランス革命をはさんで完成まで100年以上もかかったサン・シュルピス教会や、パリで最古（11世紀〜）のサン・ジェルマン・デ・プレ教会があり、聖日のミサ（朝夕）に始まり、結婚式やコンサートなど、フランス人の日常生活に大きく入り込んでいる。現在のように多くの「カトリック信者」が教会に行かなくなったとはいえども、シーズンに観光客という多くの「即席クリスチャン」が教会に押しかけてこようとも、有名無名に関係なく、これらの教会は淡々と日常の活動を続けている。

今日は私の50回目の誕生日（日本時間の8月23日は時差の関係で、フランスでは22日の17時から始まる）。我が家に近くてパリ最古のサン・ジェルマン・デ・プレ教会の最前列でお祈りを捧げた。残念ながら私のプロテスタント教会（パリ・リュクサンブール教会）は、夏の間、日曜日しか開いていないので。私は今日で50年も生きてきたのだ、というより、生かして頂いたのだという素直な気持ちになっている。今年は特にあまりに多くの不幸な出来事（日本でも、フランスでも）が続いたので。

今夜、この教会でヴィヴァルディのミニコンサートがあることを知り、当日チケットを購入。21時開演だし、近いので、一度家に帰って夕食を済ませてから来ることにする。昼間は暑い日差しも、夕方にはひんやりとした風が心地よく、満員の教会内はあっという間に、コンサートホールに早変わり。テノール歌手ヴァンサン・ダラスの声は、神がお与えになった宝物に違いない。感動で涙が止まらなかった。みっともないけれども流れるままにしておいた。今、こうして生きていることに感謝。

V

8月23日　Satsue YAMAMOTO, née KANOSE の誕生日はふみの日

今朝は何本かの電話で目が覚めた。何本かの「誕生日おめでとう」という優しい電話である。振り返ってみれば、20歳の誕生日を東京で迎えた以外は、30歳、40歳、50歳と節目の誕生日はすべてパリで迎えている。20～30代は、長期滞在のパリ大学時代。39～40歳は、1年間の学位論文時代。そして今回8カ月のサバティカルイヤー。今まで気づかなかったわけであるが、意識していなくても、自然にそういう流れに沿っていたことになる。

半世紀経ったところで、自分自身を振り返ってみる必要がある。立ち止まって、自分がどこにいるのか、何をしているのか考えてみる必要がある。

私は、これからの人生をどのように生きていくべきか、どのように生きていきたいのか？

C

8月25日　街中のミュージシャンたち

年々パリのミュージシャンが増えているように思う。これにも2通りのタイプがあって一つは、人に聴かせるというよりも自分の練習のために楽器を「奏でている」タイプで、周囲に全く注目せず、ひたすら自分の演奏に集中している。通行人がお金を入れようが入れまいが関係

ない。もう一つは、人に聴かせるというよりも通行人からお金をもらうために楽器を「弄《いじ》っている」タイプで、皆がよく知っているメロディを繰り返して演奏しながら、あちこちと場所を変えるし、これ見よがしにお金を要求してきたりする。

その結果は望むと望まざるとに関係なく、必死で次々と演奏している前者にはお金が集まるが、乱暴に同じ曲ばかり演奏している後者にはお金は集まらない。面白いぐらいはっきりと分かれてくる。

リシャール・ベリーが演じた「シャコンヌ」のバイオリン奏者は、この前者を「絶対の探究者」にした感じだった。地下鉄の通路や街頭でバイオリンを弾いている人を見つけると、この映画を思い出してしまう。

8月26日　1泊2日のノルマンディー旅行

友人マリーが来週は日本に行くというので、急に1泊2日のノルマンディー旅行を企画。行く先は昨夜決めたので、当然、切符もホテルも予約なし。夏のヴァカンス最後の週末というわけで、列車もホテルもいっぱいだった。

パリ、サン・ラザール駅からドーヴィル行きに乗り、リジューで降りる。リジューという小さな町はサント・テレーズで有名なバジリカ（大聖堂）があり、ルルドと同じように大勢の信者たちが「病や不幸を救ってもらう」ために巡礼でやってくるのだそうである。カトリックのマリーが一生懸命にお祈りをしているのをみて、プロテスタントの私は、躊躇《ためら》った後に、末っ子のミッシェルを亡くしたばかりのマダム・サンティーのために祈った。「ママン」は熱心なカトリックだから。まだ15、16世紀の建物の残っているこの町を散策した後は、バスでオンフルールに向かう。

お互いに以前訪れたことのあるオンフルールは、セーヌの河口がラ・マンシュ（英仏海峡）に入る古い漁港で、まさに「絵のように」美しい風景は、印象派の画家たちに好まれた。以前来た時は冬だったので誰もいなくて、港の桟橋で足をブラブラさせながら、スケッチをしたものだったけれど、今回は観光シーズン真っ只中で、どこもかしこも人・人・人！　それでもラッキーなことにホテル・メルキュールに1部屋（最後の1室だそうだ）が取れた。荷物を部屋に置き、手ぶらで旧港を散策。パリの真ん中にセーヌ河が流れているけれども、ここで終わり、英仏海峡に繋がる。この海の向こうはイギリスだ。やはり、「海は広いな、大きいな」である。夕食は港でリースリングにムール貝と生牡蠣を満喫。

70　8月27日　オンフルールからドーヴィルへ

10時近くまで寝坊したので、朝食が美味しい。昨日、入ることができなかったサント・カトリーヌ教会を訪ねる。礼拝の時間には間に合わなかったが、この木製の教会は15世紀の建設で、どっしりと後方に構えたパイプオルガンは1771年製で現在も使用中。神戸のパイプオルガンが随分壊れてしまったと聞いているけれど、地震のないフランスが羨ましい。クレープにシードル酒で一休みした後、民族誌学博物館を見学。貴重なものがいっぱいなのに、監視員がいない。のんびりとした雰囲気が気に入った。

オンフルールからドーヴィルへバスで移動。ドーヴィルはカジノと避暑客で賑わう大きな街だから、私たちはカフェで一息ついただけで、パリ行きの列車に乗る。

8月28日　在仏1カ月ということ

2日パリにいなかっただけでも、何かしら戻ってきたという感じがして、新聞を買いに出かけたり、郵便局に立ち寄ったりする行為が、日常生活を思わせる。それに、今日から営業再開している店が多いことも、ヴァカンス客がいなくなり、住民が帰ってくる9月を感じさせるのである。気温も急に下がって、今日は21〜22度しかなかったようだ。雨が降ったりで、天気も悪い。

これから、長い冬がやってくるのだけれど、私はこの秋から冬にかけての季節が好きである。気持ちが引き締まり、仕事に専念できるから。夏はどうしても周囲がヴァカンス中だし、日が長いし、「太陽がいっぱい」で、のんびりしてしまう。今秋こそは、演劇の秋にしなくては。幸い、'95―'96シーズンのプログラムは抜群に良い。

S 8月29日「独身者の惑星」

フランスには、600万人もの独身者（25歳以上の男女）がいるのだそうだ。彼らは「ヌーヴォー・セリバテール」（新しいタイプの独身者）といわれ、結婚も同棲も拒否して、特定の恋人がいるけれども、別々に暮らしているというタイプ。フランスは孤独が重くのしかかってくるところだから、圧倒的にカップルが多い（男女のみならず、同性の場合も含む）が、結婚、同棲に加えて、第3のタイプ「セミ・コアビタシオン」（別々にアパルトマンを構えているが、「半同居」をする）が急増しているとか。そういえば私の隣人モナコ人女性アレクサンドラもそうだし、ラファエル（私が以前ベビーシッターをしていた坊やだけど、今は22歳のはず）もそんなことを言っていた。有名人では、私の大好きな女優ファニー・アルダン（恋人は、あのフランソワ・トリュフォーで、彼との間には子供もいる）がこんなことを言っている。

「一緒に暮らしてはいけないわ。お互いに待ち合わせをして会ったり、お互いの家を訪ねるのは、とっても素晴らしいですもの」

作家のフランソワーズ・ジローも「恐らく、2人が一緒に生きていくのに、最も洗練された方法かもしれない。いつも一緒に暮らしていると経験する衝突や喧嘩を避けることができるし。一緒に暮らすとその人に粗野な部分ばかり目立つし」とのこと。

１９９５年、フランスではカップル20組中1組が「半同居」、つまり、共通の友人、子供たちがいても、２つの住所、２つの電話等々持っているということである。考えてみれば、私たち夫婦も、時代の先端をいっていることになるのかな。いつまでも新婚だと言っている仲の良い夫婦だけれど、私たちは、週の半分くらいしか同居していない「半同居」で、２つの住所、２つの電話を持っている！

T　8月30日　テオとヴァンサン・ヴァン・ゴッホ

リュセルネール劇場というのは以前から新しい実験的な芝居をよく上演するのだけれども、“Nous, Théo et Vincent van Gogh”《「僕たち、テオとヴァンサン・ヴァン・ゴッホ」》という二人芝居が上演６００回を迎えている。この劇場には「赤のホール」と「黒のホール」があり、いずれも１３０人しか収容できない小さなホールだが、昨年夏は、ここでミュッセの一幕劇『気まぐれ』を観た。ビデオ撮りまでさせてもらったところである。

『僕たち、テオとヴァンサン・ゴッホ』は話題になっていたので観たかったのだけれども、なにしろ、夜9時半から開演という遅さ故に怯んでいた。ゴッホの仕事をしていたＥＨ

Pのスタッフの誘いで、やっと観ることができた。あの歪んだ太陽、あの歪んだカテドラルを描いたゴッホ、自分の耳を切り取ったゴッホには、彼の理解者であり、作品の擁護者、弟テオがいた。ベッドと椅子1脚しかない舞台の上に輝く太陽＝向日葵がゴッホの世界を作り上げている。暗闇に浮かび上がる2人のシルエットは、どちらがゴッホか一目見れば判断できる。天才アーティストの傑作の後ろには必ず家族の影がみえる。特異な女彫刻家カミーユ・クローデルの陰には、もちろん、ロダンがみえるが、私には弟ポールのほうが浮かんでしまう。ブラボー！　ジャン・ミノー（ヴァンサン）、ブラボー！　ミッシェル・デルヴィル（テオ）。

【'95―'96　サバティカル・イヤー】

9月1日　'95―'96の学年歴始まる

フランスの学校は来週の9月5日（火）から始まるので、今日あたりからパリに戻っている人が多い。街角の本屋さんや文房具屋さんが一足先に忙しそうにしている。夏のヴァカンスは、秋から始まる新学年に備えての準備期間ともいえよう。日本では新学年が春から始まり冬に終わるので、人の生涯も四季に例えたりする。先日、日本から送られてきた雑誌の中に、「人生の秋に」と題して、中高年の人はどのように「人生の秋」を迎えたらよいかという特集が載っていた。要するに、人生の終わりである「冬」を前に、どのように上手に「秋」を乗り切るかという問題である。

しかし、フランスでは、秋から始まる学年暦に合わせて、諸々の行事が組まれるので（演劇、映画、音楽などのプログラムも秋から新しくなる）、秋はすべてが新しく生まれ変わる時なのである。これから寒くなって長い冬（フランスでは1年の半分は冬だと思う）を迎える前に、気持ちを引き締めて、秋からスタート。そして、後半に新緑の春がやってきて、太陽がいっぱいの夏で終わる。人生もかくありたいと思う。

面白いもので、フランスでは、若い人の服装は極端に地味（黒が一番多い）で、年をとるほど派手に鮮やかになってくる。真紅のコートに真紅のマニュキアをした老婦人などざらに見かけるのだ。晩年になればなるほど、恵まれた環境で、目いっぱい美しく装っていたい、内面も外面も。そういうわけで、今日は9月1日、新しいスタートの日なのである。

日本では私も「人生の秋」に入ったことになるのだろうけれども、ここはフランス、「スタートの秋」にしよう。

S　9月2日　シラク大統領と核実験

午後1時過ぎに買った「ル・モンド」（パリでは午後に「ル・モンド」を買うと翌日付のも

のである。それに今日は土曜日だから、9月3日&4日付となる）のトップ記事は、「政府は核実験反対運動に対して毅然とした態度を取ることに決定」の大見出しで、シラク政権は世界中の反対（もちろん、中国と米国は別にして）にもかかわらず、核実験を予定通り実行することを表明したと述べている。

ミッテラン大統領時代に「ヨーロッパのリーダー国として核実験を中止」し、大国の理性を示したと思っていたのに、シラク大統領に代わった途端、大国のエゴイズムを丸出しにして、ヨーロッパのリーダー国から脱落、ただの国に成り果てた感じだ。

知り合いのフランス人に言わせれば、シラクは、良くも悪くもミッテランと違って、普通の市民だそうである。大統領選挙後、「相撲大好きで日本びいきの新大統領」と、日本の新聞は報道していたけれども、こんな「日本びいき」が存在しては堪らない。ごく普通の市民だって、今になって核実験を再開するなんてナンセンスと言っているのに。

S　9月3日　ココット・ミニュット（圧力鍋）が爆発！

一体、いつまで続くのだろう、爆弾テロは。今年に入って、最初がサン・ミッシェル駅の車両、2度目がエトワール広場のごみ箱、3度目がリヨン駅発のTGVの線路（不発）、今回の4度目は11区のバスチーユ広場のすぐ近くにある市場に置いてあったココット・ミニュット！

最初の爆弾事件以来、パリは警備厳重で街中の犯罪（スリ、置き引き、空き巣など）が減ったといわれるくらいだったのに。買い物客でごった返す市場で起きた今回の爆発は幸い犯人の「計画通り」にいかなかったようで、４人出た被害者はほんの軽傷で済んだとのこと。不気味なフランスになってしまった。

S　9月4日　昨日はバスチーユ、今日はコンヴァンシオンに爆発物

昨日の爆弾テロから24時間後、今日は15区のコンヴァンシオンで爆発物発見！　今日の正午過ぎ、コンヴァンシオンのサニゼット（有料トイレ）で、買い物カートに入れてあった20キロのガスボンベが見つかった。幸運としか言いようがないが、掃除の人が不審に思って警察に通報したので助かった。もし、これが爆発していたら、大変なことになっていただろう。これでもう5度目になる。犯人は手を替え、品を替え、無差別に襲ってくる。共通しているのは、同じタイプの爆弾ということと群集の中を狙ってくるということ。5区、8区、11区、15区。狙われた場所はパリ20区のうち、時計の針の方向に進んでいるのは偶然だろうか。もし偶然でないとすれば、今度は16区から4区まで要注意ということになるのだけれど、想像のしすぎ？　コロンボ警部でもあるまいに。

9月5日　今日から新学期の1年生たち

昨日から始まっている学校もあるけれど、フランス全体でいうと今日が初日。テレビでは小学校の新1年生の24時間を中継していた。前日にママンが学用品をチェックし、カルタ―ブル（手でも持てるが、背負う形の長方形のカバン。フランス式ランドセル。上級生になってくると、同じ背負う形でもリュックのほうを好む傾向あり）に入れる。今朝は早めに朝食を取って、ママンと手をつないで学校へ。連日続いた爆弾テロ騒ぎで、例年は親も子供たちと一緒に学内に入れるが、今年は校門前で親は先生に子供を託してお別れ。不安げな子供、不満げな親、そして厳しい表情の教師の顔がテレビ画面に映る。いったん教室に入ると、先生は全身笑顔という感じで、新入生に語りかける。最初の出会いが大切なのは、大学だって同じだ。これは私の経験。物騒な事件で幕開きの新学期だが、良い1年であってほしい。

9月6日　シャンパーニュ地方のランスへ

パリ東駅から12時18分発の普通列車に乗り、13時55分にランス駅着。料金110フラン（約2000円）也。学生時代からの友人の一人レイモンが家族と共にランスに越してきて、もう

7年ではないかと思う。フランス文部省の教員として中国、ザイールなどを回った後、ランス大学の教員になってやっと落ち着いた人である。大家族のサンティー家（レイモン、アンドレ、ベルナール、イザベル、パトリック、エリアンヌ、ミッシェルという7人兄妹で、うち半分は結婚して家族がいるから、これに両親を足すと一体何人になるのだろう？　この全員と私は付き合ってきたのだ！）の長男だというのに、一番あちこちに行った人だろう。今回はランス大学の同僚として、付き合うことになる。私はランス大学人文学部長の招きで在外研究員として、ここにいるのだから。ランスといえば、まずシャンパン、そして、カテドラル（ランス大聖堂）と来る。いや、その逆かもしれない。なにしろ、この大聖堂の起源は401年から始まり、現在の姿は1475年に完成したものが、何度かの火災や第1次世界大戦の砲弾にもめげず残っているのだから、すごい。最初に見た時は、パリのノートルダム寺院かと思ったほど、よく似ているのだけれども、何度も見ているとやはりこれはランスだと納得。

9月7日　ランス市とは

ランス市は、世界に名だたるシャンパン（但し、今は「核実験再開のエゴな国の産物」として嫌がられている?）の産地、シャンパーニュ地方の中心都市。この地方には、マルヌ、オート・マルヌ、オーブ、アルデンヌという4県があるが、ランスはマルヌ県ランス市である。水捌けの良い土と晴天率が高く乾燥した気候が葡萄の栽培に適しているとのこと。シャンパンはなんと17世紀には既に現在とほぼ同じ製造法で作られていたそうである。市の広報誌によると、「戦略上有用なロケーションにあり、ビジネスチャンスのある都市」、「ランス。それは、外国企業のキーワード」、「21世紀の世界にマッチした歴史と文化、そしてハイテクノロジー」だそうだ。一般に我々が持っているイメージとは随分違っていた。参りました！

9月8日　ランス大学の人々

ランス大学の国際関係の責任者にマダム・デロッシュ・マイルスがいる。彼女は、今回の「ランス大学在外研究員」という私の肩書きを作って待っていてくれた人である。ドアを開けるや否や、まっすぐに私のところにやってきてにこやかに握手を求めてきた。目鼻立ちのはっきりした顔のブロンド女性で、真っ赤なスーツがとても良く似合っている。まず、自分の名前は旧姓がデロッシュでマイルスはイギリス人の夫の姓だと言う。フランスではデロッシュを使い（フランス人はミルと発音してしまうから）、イギリスでは逆にマイルスを使う（イギリス人にデロッシュと正しく発音する人はいないとか）と茶目っ気たっぷりに告白する。思わず私も同じだと言ってしまう。日本では旧姓の鹿瀬で、フランスでは誰でもわかる山本を使っている。お互いに好感を抱いたところで、早速、プレゼントの交換（？）で、彼女からはランス特製のおしゃれな黒カバン（中には、ランス市のビデオや大学、大聖堂などのパンフレットにペンまで入っていた）を頂く。しばらくの雑談の後、うって変わって真剣に彼女はいままでの経緯と今後の計画を話し、近いうちの再会を約束して颯爽と消えていった。

もう一人、全く対照的な先生がいる。ムッシュー・メナジェールだ。シネマが専門だから、演劇の私と研究が近いのだけれども、まず暗い。でも、一番先に私にフランス核実験再開の話題を取り上げて、「フランス全体が認めていると思わないでほしい。科学者を始めとして、我々も随分反対しているのだが、何しろ、シラクの頑固な態度に閉口している。今回の件で一挙に彼は支持率を20％も落とした。あなたはこの件でフランスに来たのだろう？　バンバン抗議してくれ」と私を煽った人である。そして、彼が中心となって9月20日から３日間ランス大学で開かれる国際会議「生き延びるために創作する」“Créer pour survivre”《クレエ・プール・シュールヴィーヴル》に参加することになった。

9月9日　サン・ジェルマン・デ・プレの郵便局

昨日は夫の誕生日だったので、今、ドイツで話題のギュンター・グラスの新刊書をプレゼントすることにして、郵便局へ出かけた。窓口の職員が、私の小包はPRIORITAIRE《プリオリテール》（一般の航空便）ならば３、４日で着くが１０３フランもかかるので、ECONOMIQUE《エコノミック》（印刷物や小包用の貨物航空便）にしろという。28フランで済むとか。安いのは以前から知っているが、航空便といっても貨物便だから2週間はかかる。それで今回は普通の航空便にしたのだけれども、フランス人には郵便一つに103フランもかけるというのはナンセンスなのだろう。「これは、誕生日のプレゼントだから、早いほうが良いの」というと、「相手の誕生日はいつ？」と訊いてきたのには驚き。「昨日だったのよ」と私、「ならば、もう過ぎているのだから、貨物便で良いじゃないか」と職員。経済的に済ませてくれようとするのは嬉しいけれど、お客の私が高くても早い便でとお願いしているのに譲らない。結局、私の「説得」のほうが勝って、めでたく早い便で出してもらえた。

後になって考えてみると、こういうことは何度か経験している。ブティックで洋服を買ったり、靴を買ったりする時、店員にアドバイスでも求めようものなら、自信をもって答えてくる。ただ、この場合はアドバイスが当たっていることが多いので、私は言うことをきくことにしている。決して、日本のように、あれも似合う、これも似合うとはいわない。これも職業意識だろうか。

10 9月11日　ワルシャワ・パリ・パルマ

ポーランドはワルシャワ、フランスはパリ、スペインはパルマ・デ・マヨルカというコースで自分の人生を切り開こうとしているのは、私の友人アリシア。もう30年以上も前に祖国ポーランドからフランスに亡命してきた。ソルボンヌ大学で言語学を専攻、博士課程を終了後は、若手のGrammairienne《グランメリエンヌ》（文法学者）として母校に残り、教壇に立っている。30年もパリに暮らしているのに、定年後はスペインのパルマで余生を送るといって、今春パルマに家を買ってしまった！　パリに来てから始めたフラメンコにすっかり魅せられて、今ではプロ並みに上手。並行して、スペイン語も習っていたし、ヴァカンスはいつもパルマ。やることが半端ではない。ラテン特有の「人懐っこい温かさ」と「太陽がいっぱいの暖かさ」にぞっこんだとか。今はダンスで痛めた足を手術した後で、10月に大学が始まるまで大人しく家にじっとしているが、お見舞いに行っても、不自由なギプスの足のまま、語るのはスペインのことばかり。華奢な身体のどこから一体あのエネルギーを出してくるのだろう？　何度も経験しているスランプから見事に立ち直っている。私も20代から30代へと10年弱をパリで過ごしたことがあるけれども、フランスに永住する気も、他の国に住もうと思ったこともない。そんな強さを持ち合わせていないから。「友よ頑張れ！」

9月12日　劇場の予約係に優・良・可をつける

9月に入ると、どこの劇場も年間予約の受付を始める。この年間予約というのは、芝居好きにはとても魅力的な制度で、1年間（9月から翌年6月まで）に一つの劇場で4本か5本の芝居を観ることを約束し、観たい劇、日時、希望の指定席を申し込み用紙に記入、チケット代金総額の小切手を同封して劇場に送ると、確認の手紙が来た後にチケットが送られてくるという仕組みになっている。最優先されて良い席が取れるうえに、料金はかなり安くなっている。唯一のネックは、日程を早く決めねばならぬということ。私には久々の長期滞在なので、この予約制度を目いっぱい利用しようと、あちこちの劇場をかけまわった。郵送などというまどろっこしい方法は取らずに、直接に劇場窓口に出かけた。一度にかなり回ったので、予約係の対応に随分と差があることに気が付いた。これは面白い。

何にでもランキングがあるフランスだから、劇場別に予約係のランキングをしてみた。決して、劇場の大小とか歴史とかでは計れない興味深いものがあった。ミシュランのガイドブックに出てくるホテルやレストランのように星をつけてみたらどうだろう。

C 9月13日　セザンヌとミュッセ

待望のセザンヌ展が、この9月30日から来年1月7日までグラン・パレで開催される！

'95—'96の文化行事で一番の話題になるのではないだろうか。2年前のこの時期にバーンズ・コレクション展がオルセー美術館で開かれたが、ちょうどパリにいた私は滞在期間を無理して

1週間延ばしてまで、初日のバーンズ展を観にいったものだった。その後、東京で開催された時にもまた出かけていった。今回はセザンヌ展、セザンヌの作品だけで、50点以上もあるというのだ。溜息が出てくる。既に夏のヴァカンス中から話は聞いていたので、日本で留守番役をしてくれている夫にも、年内にはどうしてもセザンヌを観にくるように伝えた。

友人の広瀬さん（最近、文化事業に相当力を入れていて、ゴダールの映画や戯曲『星の王子さま』を東京に呼んでいるし、読売テレビの「美の世界」やNHKの「我が心の旅」などの番組のヨーロッパサイドも担当している）は、「これはどうしても日本に紹介しなければならない。やらなければ恥ずかしい」と言って、急きょ帰国した。そして、3週間後の9月10日、「美の世界」で特別番組、「婦人画報」で別冊を発行ということを決めてきた。やっぱり、すごく行動力のある人だ！

私はといえば、新聞・雑誌の「セザンヌ特集」を静かに読みつつ、にんまりしていた。驚いたのは、セザンヌ（1839―1906）が若い頃にミュッセの作品を高揚する心で読んでいたということであった。ミュッセ研究者の端くれとしては、これは調べなければ。セザンヌのロマン派時代、印象派時代、建設的時代、総括的時代というのを知りたい。

S　9月14日「爆弾」は何の役に立つというのか?

“L'EXPRESS”《「レクスプレス」》〈Essais nucléaires - La France seule〉《エセ・ニュクレールーラ・フランス・スゥール》 jeudi7-13 sept. 95
「レクスプレス」「核実験―孤独なフランス」
“LE POINT”《「ル・ポワン」》〈A quoi sert la bombe?〉《エセ・ニュクレールーラ・フランス・スゥール》 samedi9-15 sept. 95
「ル・ポワン」「爆弾は何の役に立つというのか?」

いずれもフランスで一、二を誇るインテリ週刊誌の表紙を飾ったトップ記事である。この他にも、新聞やテレビ・ラジオで取り上げられない日がないくらいだ。ましてや、今、フランスはテロリストによるもうひとつの「爆弾」で悩まされている。これはガスボンベに詰めたちゃちな爆弾だけれども、それでも我々を不安と恐怖と怒りに陥れるのに充分である。もし、テロリストが「核爆弾」を使うとしたら、一体、我々の地球はどうなるのだろうか? 広島・長崎の経験だけではわからないとでも言うのだろうか? 経験しなければ理解できないほど、人間は愚かなのだろうか?

アメリカは市民に「自分を守るための拳銃を持つ」ことを許し、拳銃による被害者を増やしているではないか。フランスは「自国を守るための核を持つ」ことで、他国に核の威嚇をするのみならず他国から核爆弾を落とされる可能性も作ってしまったのではないだろうか? 核など所有していれば（一般に、ナイフやピストルを持つ者、あるいは腕力の強い者が、つい、試してみたくなるように）、やはり、その威力を試してみたくなるだろう。「創世記」の時代から人間は愚かな行為を繰り返してきているではないか。唯一、これを防ぐには、武力ではなく、それが個人単位であれ、国単位であれ、人としてのモラルしかない。戦場で個人と個人が闘ってきた戦争（これまでの多くはそうだったから、攻める側も守る側も皆、地獄を経験している）とは別に、国家対国家の核戦争は、誰か一人がボタンを押すだけで相手国が滅び、やがて地球が滅びてしまう。後でその威力を知り、反省したところでもう遅い。まさに終末である。皆が核を持って一時的な平和を作るのではなく、皆が核を無くして永久平和を作るしかないのに。こんな簡単なことにどうして意見が分かれるのだろう？

9月15日　フランスにおける宗教の役割

昨夜、Arte《アルテ》（独仏の会社が共同出資して設立した新しいテレビ局。独仏の2カ国語放送が多い。ドキュメンタリーなど教養的）で、20時40分から23時50分まで「主題についての夕べ―爆弾」という番組があった。最初に「何グラムかのプラトニウムのために」と題するルポルタージュ。ごく僅かのプラトニウムのトラブルがいかに深刻な問題であるかを取り上げる。フランス、ベルギー、ドイツ、日本、ロシアの例を見せながら。第二に宗教界の権威を何人か招いての討論会。ユダヤ教、イスラム教、キリスト教（もちろん、カトリックとプロテスタントは別々に）の代表者が、それぞれの「神」を中心に熱弁をふるう。テロリズムや核戦争には治安力や政治力だけではどうにもならないのだから。たとえ、現代は信仰心が薄れているとはいえ、教会に入ってくる人たち（観光客中心）の80％は入る時に十字を切っているように見えるし、静かにしている。十字も切らないし、にぎやかに入ってくるのは日本人とかアラブ人たちが目立つが、これは宗教が違うのだから無理もないかもしれない。良い番組だった。まだ、この後、「爆弾―原子力とタブー」というルポルタージュと討論会があったのだけれども、それまでは観る時間がなかった。日本のオウム真理教のことも取り上げていたが、良くも悪くも影響力の強い宗教の役割を考えてみる必要があるようだ。

9月16日　グラン・ブルヴァールにある「ルネッサンス劇場」

LE THEATRE DE LA RENAISSANCE《ル・テアトル・ドゥ・ラ・ルネッサンス》という劇場は、１８３０年代のロマン派全盛時代に、アレクサンドル・デュマやヴィクトル・ユゴーの後援で設立された、当時としては新しいタイプの劇場で、１８３８年11月8日、ユゴーの新作『リュイ・ブラス』初演と共に幕開けした。「19世紀の銀座通り」とも言えるグラン・ブルヴァールのルネッサンス劇場は、こうした古い歴史を持つ劇場の一つであるが、現在、“Un air do famille”《アン・ネール・ド・ファミーユ》（家族の外観）という喜劇を上演している。

95年度のモリエール賞のうち"Meilleure pièce comique《メイユール・ピエス・コミック》"（最優秀喜劇賞）を受けている作品で、連日満席であった。毎週金曜日、母親を中心に優秀な長男と出来の悪い次男、そして婚期を逃した長女が夕食を共にするのだが、ある晩、それぞれの妻、男友達が反論、意見（というか本音）を言うことから、各人の外観と素顔の違いが見えてくるという、どこにでもありそうな話を芸達者な役者たちとピリリと効いた台詞で聞かせるというもの。面白いだけでなく、ジーンと訴えてくるものがある。

長男の妻を演じたクリスティーヌ・ジュリと長女の男友達役のジャン＝ピエール・ダルサンが際立って良かった。

9月17日　戦後最大の台風オスカー東京上陸とUSという村

今朝の新聞に「1945年以来、最大の台風オスカーが東京上陸予定」と小さくではあるが載っていた。フランスの新聞に出るぐらいだからよほど大きいのだろうと心配になった。まして、昨夜、夫の電話でも東京はもう大雨が降っていると言っていたから。日本式にいうと台風何号なのだろう。気にかかりながらも、パリではどうすることもできないし、私は予定通り迎えに来てくれたアンドレと一緒にUS《ユス》へ出掛けた。USというのはアメリカではなくて、パリから車で1時間北に向かうと見えてくる小さな町というより村である。サンティー一族（と呼ぶに相応しい大家族）の両親が住んでいる。私が「フランスのママン」と呼んでいるマダム・サンティーに会いにやってきた。末っ子のミッシェルを亡くした「ママン」を慰めにやってきた。アンドレに、まず、ミッシェルのお墓に案内してもらってから、気を取り直して、「ママン」に会いに行ったのに、彼女は玄関先で私を見るや否や泣き出してしまった。せっかく、普通を装って行ったつもりの私も、これでもう駄目。二人で抱き合って泣き続けた。久しぶりに家族全員（日曜日も仕事のエリアンヌには会えなかったが）で食事をし、散歩をし、おしゃべりをしたが、今回ほど、子供は親より先には絶対死ねないと思ったことはない。

9月18日　ルネがバングラデシュのフランス大使になった！

昨年夏、フランソワーズの家に夕食に招かれた時、初めてルネに会った。以前、神戸のフランス領事館に外交官として勤務していたことがあるので、名前は知っていた。その後も、自ら希望して「問題が山積みの国」ばかり選んでいたような気がする。とても勇気のある人だ。私は初対面だったが、夕食の間、皆、彼女の体験談に耳を傾けていた。我々には、想像もできないような出来事を淡々と語る彼女。筋金入りの精神力を持っている。今度はバングラデシュで、どんな活躍をしてくれるのだろう。

C

9月20日〜22日 “CREER POUR SURVIVRE《クレエ・プール・シュールヴィーヴル》”

ランス大学にて開催された国際シンポジウム「生き延びるために創作する」は、後日別紙にて「国際シンポジウム報告書」として発表予定。日録に書くには、あまりにも重要で膨大なテーマだった。

T

9月23日　マリヴォーの『奴隷の島』

ランス滞在の3日間は、かなりハードだったので（体力的にというより精神的に）、今日の観劇は気分転換も兼ねてピッタリと思ったのだけれども、字幕なしのイタリア語だったのには参った。もっと疲れてしまった。ジョルジオ・ストレレール演出で、ピッコロ・テアトロ・ディ・ミラノの役者たちによるマリヴォーの『奴隷の島』だから、イタリア語なのはわかっていたけれど、今回は例外的に字幕付きと予告されていたのに。たった4日間しかない再演だったから、見逃すわけにはいかず、いずれにせよ、観に行ったと思う。名演出家のストレレールがオデオン座にやってきた（というより戻ってきたというべきか）のだ。『奴隷の島』は観る前にもう一度読んでいたので、イタリア語はわからなくても、演技だけで充分理解できた。役者も演出も抜群で、この18世紀の前衛劇は今も全く違和感がない。マリヴォダージュがフランス語で聴けなかったのはやはり残念。

9月24日　ブレアル作『雪』

週末はマチネの芝居を観ることにしているので、今日も劇場へ。ヴュー・コロンビエ座、テアトル・デュ・ヴュー・コロンビエは、1913年にジャック・コポーが創立、舞台表現の中心を戯曲のテキストと俳優の演技にしぼったと言われている。長い間、閉鎖中だったので、私は今回が初めてだ。コメディー・フランセーズの付属劇場になり、双方で上手に上演題目が選ばれている。ニコラ・ブレアルの『雪』（1995年）はチェーホフの原作『女たちの王国』（1894年）を若き現代作家のブレアルが戯曲化したもの。時代は19世紀末に設定していても、やはり、内容的には20世紀の現代である。1時間半でアントラクト（幕間）なしの佳作。

9月26日　ヴィクトル・ユゴー作『リュクレス・ボルジア』

コメディー・フランセーズのプログラム（'95—'96年度）は早々チェックして予約していたの

で、週末からオデオン、ヴュー・コロンビエ、そして今日のコメディー・フランセーズと劇場通いが続いている。19世紀ロマン派の戯曲は正直言ってミュッセのもの以外はあまり面白くない。たとえ、「偉大なる詩人」ユゴーでも、劇作はいまひとつだ。しかし、今年はユゴーの作品が二つも上演されることになっている。『リュクレス・ボルジア』と『報酬の1000フラン』“Mille francs de récompense《ミル・フラン・ドゥ・レコンパンス》”。役者が以前よりも小粒になっているように思うのは気のせいだろうか？　演出もパッとしないのは、テキストのせいだろうか？　それとも私の期待しすぎだろうか？

V

9月27日　在仏2カ月

あっという間の2カ月だった。この調子でいくと、あと半年なんてすぐに過ぎてしまうだろう。今日はマダム・ナンテ（ポール・クローデルの孫娘に当たる方で、ランス大学の教授）に招かれていて自宅に伺ったのだが、大失敗。1週間ほど前、朝8時過ぎに電話をもらった。朝8時過ぎというのは、夜型の私はまだ熟睡中で、突然の電話に丁寧に答えはしたものの、約束の時間を聞き間違えたらしい。彼女は14時のつもりで、カトルズール quatorze heures と言ったそうであるが、私にはカトルール quatre heures（4時）と聞こえた（聞き間違えた）のだ。それからまた眠ったから、きっと、その時に手帳に午後4時と書いたのだろう。4時きっかりに彼女の家を訪ねると、ニコニコしながら「やっぱり、そうだった」とドアを開けてくれた。14時からずっと待っていてくれたらしい。窓から外を覗いてみたり、コーヒーを沸かしたりしながら。私はといえば、言われるまで全く気づかずにいた。丸2時間も待たせたことになる。とても忙しい人なので、本当に恐縮してしまった。あまりにも申し訳なくて、クローデルの「交換」がコメディー・フランセーズで10月から上演されることなど、話題には事欠かないのに、落ち着いて話ができなかった。彼女も、今年はサバティカルイヤーで、大学には行かないとか。大作の書き下ろしに取りかかるそうである。私は、フランス演劇の入門書（現在、上演中の名作の抜粋＋劇場案内）みたいなものを書きたい旨を述べておいた。「クローデルも入るのでしょう?」と言われてしまった。クローデルの作品は難しいのだけれども、『交換』なら、大丈夫と思い、20世紀の項目に入れるつもりでいる。反省の一日。

S 9月28日 「ル・モンド」紙に大江健三郎の反論掲載

ノーベル賞作家のクロード・シモンが、9月21日、「ル・モンド」紙に大江健三郎氏の態度（南仏で開催されるはずだった文化人の国際シンポジウムに、反核を理由に欠席を表明。結果として、この会は中止となった）を無作法と批判し、さらに、日本人の「アンチ・フランス」、不買運動を不可解と述べたとのこと。たまたま、この日の新聞を買っていなかったので、詳しいことはわからないが、今日の「ル・モンド」の一面、「視点」というコーナーに、「親愛なるクロード・シモン」で始まる大江健三郎氏の反論が載っていた。大変興味深く読んだ。まず、政府対政府の意見交換ではなく、文化人同士の意見交換であるということが嬉しい。パリに来る前に、大江健三郎とギュンター・グラスの往復書簡が朝日新聞に連載されていたが、あの時と同じく、非常に関心を持って読んだ。私だけでなく、大勢の人たちが（フランスでも日本でも）読んだに違いない。今日の大江氏の反論は「フランスに対する傲慢な敵意ではなく、深い悲しみである。フランス文化から得たものの多い日本人にとって、今回の核実験再開は、抗議行動を起こさざるを得ない深い悲しみなのである」という見出しで、かなり、控え目ではあるが我々日本人が思っていることを述べてくれている。人はなかなか「客観的に」物事が判断できない。自分の立場からしか、ものが言えないし、見えない。各々、自分のほうが正しいと思ってしまう。そこから、いかに抜け出すが大事なのだけど、これが結構難しいのだ。

9月29日　結婚5周年記念日

今日は私たちの結婚記念日だ。もう5年になる（と言うよりは、まだ5年と言うべきかもしれない）。二人とも晩婚だったので、お互いの生活を尊重しながらの同居生活。少しは夫婦らしくなったかな。例年、シャンパンで乾杯、フランスレストランで食事のパターンだが、今年は12月の彼のパリ訪問までお預けになりそう。一緒にいると、よく喧嘩をするけれど、こうして離れているとお互い極端に優しくなる。これも悪くない。

T　9月30日　もう一つの『奴隷の島』

先日、オデオン座で観たイタリア語版の『奴隷の島』は演出も役者もすばらしかったので、外国語のマリヴォーでも非常によく楽しめた。願わくば、もう一度フランス語でこの芝居を観たいと、エスパス・マレーの『奴隷の島』に挑戦。しかし、見事に期待を裏切られた。演出も役者も舞台も、すべて、学校演劇並み。マリヴォダージュどころか、役者の発声が不明瞭、無気力。台詞が大事な芝居なのに。演技は不自然、衣装はミスマッチ。「忠実に」テキストを追っているだけだから、1時間で終わった。ちなみに、オデオンではアントラクトなしで2時間だった。小さな劇場がたくさん質の良い芝居を観せてくれるので安心していたけれど、やはり、選ばなければならないということを知った。実は、劇場に行く前に、いつもの当日券安売りキオスクに寄ったのだが、窓口の青年（役者と思われる）が、エスパス・マレーの『奴隷の島』なら、行くのをよせと言う。自分はもう観てきたが、行くだけ無駄だと言う。フランスでは、よくこういう場面に出くわす。つまり、レストランやブティックでも、従業員がはっきりとお客に善し悪しを言うのだ。大抵は彼らの意見を取り入れるのだが、芝居に関しては、観てみなければわかるまいと、苦笑しつつもあまり気にしなかった。今、思えば、あれでも彼は控え目だったのかもしれない。

70 10月1日　パリの推薦バス路線 95番と63番

最近バスの利用者が急に増えて座るのが難しくなった。理由は二つ。まず、地下鉄の爆弾テロ以来、一番速く便利な乗りものだった地下鉄の利用者が減り、時間がかかっても地上を走るバスに乗るようになったということ。もう一つは、8月1日からパリ市内ならば1枚の切符（つまり、地下鉄と同じ均一料金）で利用できるようになったからである。以前、バスは、区間ごとに値段が上がっていったので、乗る前に料金を確かめなければならず、面倒だった。それでも以前から私はバスのファンで、あの視界の良い席に座って外を眺めながら、パリの風景を満喫しながら、移動していた。友人や知人がパリに訪ねてきても、交通手段として人は分かりやすい地下鉄を勧めるのに、私は少々面倒でもバスなら、土地勘がつかめるし、何しろ楽しい（渋滞なら渋滞で、街行く人や建物がゆっくり観られるではないか）ので、初めての人にはバスの路線地図（切符売り場に無料で置いてある）をプレゼントしながら、バスを勧めた。パリは街全体が調和がとれて美しいので、東西南北に走るバスは推薦コースである。皆、これは意外と喜んでくれる。以前、バスは空いていて、のんびりしていたのだ。ところが、最近は事情が変わってきた。なにしろ、利用者が多くて、乗り降りだけでも大変だ。当然、運転手さんも愛想が悪くなる。残念！

10月2日　小倉先生へのパリ便り

今日から大学の新学期が始まりました。日本では人生を四季に例えて秋は寂しく酷《きび》しいイメージがありますが、フランスでは秋から全てが始まる（学校関係のみならず）ので、日が短くなり、寒くなっても、秋はスタートのシーズンで希望があります。年間計画を立てるのもこの時期です。ですから人生も「秋」から本格的に計画を立ててはいかがでしょうか。「秋」は、人生の峠が過ぎる時ではなく、峠を迎える時なのです。

今、お昼のニュースで、フランスは第2回目の核実験（初回よりもずっと大規模とのこと）をしたとの報告がありました。オーストラリアの「直接反対運動」を始めとして、日本政府の「遺憾表明」もテレビ画面に映りましたが、本当に悲しくなったのは、フランスのジュペ首相が「過激で、野蛮な反対運動」（一般にフランス人の50％はそう思っているのではないでしょうか）に耳を傾けず、淡々と「予告した通りの実験を実行しているだけだ」と述べている表情がアップで画面に映った時です。幸い、残りの50％のフランス人は、少なくとも「今の時代に無意味」、「地球の環境破壊」、「シラク大統領のミッテラン前大統領に対するライバル意識（ミッテランは自分が核実験を中止した以上、もう後の大統領も再開しないと言ったとか)」など、理由は様々ですが、核実験反対の意識は強いと思います。

この夏は、テレビ局各局が広島・長崎の特別番組（日本でも見たことのないものばかりでした）を組んだことも市民意識を高めました。何人かのフランス人の友人から「知らなかったではすまないと思うけれど、本当に初めて真相を知った。50年も待たなければならなかったか」といった声を聞きました。今回のフランス滞在は、公私ともに、なにかの集まりがある度、発言（もちろん、私個人の意見）を求められるので、結構大変ですが、気後れせずに頑張って答えています。吉田秀和氏の「フランスの二面性」（9月21日付の朝日新聞）には全く同感です。「ル・モンド」氏に載った大江健三郎氏の反論も読みました。こうした知識人の発言は感謝です。不買運動などはあまり良い方法だとは思いません。

あっと言う間に2カ月が経ちました、やっと本格的に仕事の態勢に入れたというのに。この間、ランス大学で行われた国際シンポジウム「生き延びるために創作する」にも参加しました。これは、一見、エコロジストの集まりのようにみえますが、実は戦争中に強制収容所に入れられていた人たち（特にアーティストたちを中心に）と各国（フランス、イギリス、ドイツ、ベルギー、オランダ、イタリア、アメリカなど）の大学教員・研究者たちの集まりでした。「人間が威厳を持って生き延びるために最小限度必要なこと」をテーマに、今日のボスニア紛争まで、丸3日間、講演、発題、タ一ブル・ロンドと、実に内容の濃いものでした。こちらの雑誌に報告書を書かないかといわれているのですが。

池袋西教会の皆さんはお元気ですか？　８月23日の誕生カードありがとうございました。主人がすぐに送ってくれました。彼も不自由しながらも留守を預かってくれていますし、日本の情報はかなり詳しく報告してくれるので助かっています。毎年素敵なカードを作ってくださる吉川さんによろしくお伝え下さい。先生のテレフォンメッセージは、いつでも聴けるので（時差に関係なく）、よく深夜にダイヤルしています。こんなに素晴らしい伝道方法があったのですね。ぜひ、ぜひ、ずっと、続けて下さい。

こちらでの教会は当然のことながらカトリック教会が多い（我が家はサン・シュルピス教会とサン・ジェルマン・デ・プレ教会に挟まったところにあるので、いつも教会の鐘の音が聞こえます）のですが、以前にも行ったことのあるリュクサンブール教会（プロテスタント教会）に決めました。我が家からリュクサンブール公園を横切って歩いて通えますし、このあたりは大学関係者（教員も学生も含めて）が多く、馴染み深いところです。今までは、まだ教員も学生も夏季休暇中だったので、出席者が少なかったのですが、これからどんどん増えてくるらしいです。

今、午前3時です。こちらはもう冬時間になりましたので、日本は午前11時ですね？　ワープロに向かっている時間が長いので、すぐこんな時間になってしまいます。ではお休みなさい。みどり先生をはじめ、皆様によろしくお伝え下さい。それから、奥様にも必ずよろしくお伝え下さいね。

S　10月3日　メスリーヌ事件とケルカル事件

以前、私がまだ学生だった頃、S社の取材で、メスリーヌの追跡をしようというレポーターの通訳をしたことがある。市民には「ネズミ小僧」的存在で、警察官には「極悪犯」でサンテ刑務所から脱獄したメスリーヌは、日本でも随分話題になった。パリ市内に潜伏していることがわかっているのに、なかなか捕まらないので、レポーターと私は刑務所に行ったり、隠れ家だったところを訪ねたりしていた。そんな危ない仕事は断れと友人たちから言われながらも続けていたが、結局、彼が帰国した後、メスリーヌは見つかり、路上で取り囲まれ、警察官のピストルで蜂の巣のように撃たれて死んだ。遺体は路上に長時間放置されていた。このことが随分と警察が非難される原因となった。

今度は、9月29日、ローヌ地方で、一連の爆弾テロの容疑者№1といわれ、警察が必死の捜索をしていたケルカルという24歳のアルジェリア人がやはり路上で取り囲まれて、あっという間の銃撃戦の後、警察官に撃たれて死んだ。警察の「正当防衛」とテレビ放映（実は、「ケルカル発見」の情報にいち早くテレビ局が来てカメラを回していたのだ）が問題になっている。私もこの場面をニュースの時間に観たが、何人かの警察官が銃を手に、すでに撃たれて動かなくなったケルカルを、足で蹴ったりしていた。前回のメスリーヌ事件とは、全く違うのだけれども、わたしには、2つの路上の場面が重なってみえた。今回は特にアルジェリアとフランスの複雑な関係がからんでくるだろう。

C

10月4日 「マッチを買いに出かける」＝「アデュー」

ソルボンヌ時代の恩師であるユベルスフェルト先生から昼食の招待を受けていたので、モンスリー公園真ん前にある自宅を訪ねる。今では私を「若き友人」として迎えてくださるので、恐縮。毎年、訪ねているので、駅から公園を突き抜ける近道コースを取る。先生の手料理とご主人の特製デザートをご馳走になりながら、話がはずむ。「演劇界の水戸黄門」みたいな人だから、私にはいつも強い味方である。アビニオン演劇祭の話から、今秋のクローデル特集、核実験まで、話は尽きないのだけれども、今回もまた一つ面白い表現を教えてもらった。台所でご主人とちょっとした口喧嘩をしていた先生がテーブルについてから、「フランソワ！　始めるわよ」と台所に向かって呼ぶと、「マッチを買いに行ってくるよ」と答える声がする。すると、先生は「もう、参ったなあ、これだから」と言ってゲラゲラ笑う。私はマッチを買いに行くことがそんなに可笑しいのかしら、日本と違ってフランスはマッチは買わなければならないのに、と思っていたら、ご主人が入ってきて、「この意味わかる？」と私の顔を見て、ニヤリ。「マッチを買いに行ってくると言ったら、もう帰ってこないからねという意味だよ」とご主人。「詩人のヴェルレーヌが、奥さんにそう言って出かけたきり、ランボーに会って二度と帰ってこなかったというエピソードからきているのよ。意味は知っていても、いわれを知っている人は少ないけれど」

と先生。良いなあ、こういう知的な夫婦の会話。「マッチを買いに出かけてくる」と言われるのは困るけれども。

10月5日　レオナルド・ダ・ヴィンチ大学

今秋から新しい県立大学・レオナルド・ダ・ヴィンチ大学が、以前から存在する国立大学・パリ第10大学（ナンテール大学）のすぐそばに開校となった。鳴り物入りで始まったこの新設大学は、またの名を「パスクワ大学」というが、それはパスクワ前内相が県会議長を務めるオ・ド・セーヌ県の大学であり、経済・科学系で学生5000名を予定したが、新入生はたったの158名。国立と違って、授業料は年間2万6000フランという高額で、大手企業の出資によるフランスで初めてのタイプの産学共同大学である。超モダンな校舎と豪華な設備、卒業時の就職率100％（？）をPRするこの大学も、新入生は定員の3％余りとは、スタートから存続が危ぶまれている。

S 10月6日　ケルカルの葬式の日に新たな爆弾テロ！

もう何回目の爆弾テロと数えるのは嫌になった。夕方、いつものバスに乗って、マレー地区のダンスセンターにバレエのレッスンに通う途中、急にオデオン広場が通行止めになった。また、「不審な物」が見つかったらしい。すっかり「慣れっこになった状況」に文句も言わず、バスから降りる人々に交じって私も降りた途端、目の前で、一人の若者が警官4、5人に捕まり、連れていかれた。ケルカルと同じくらいの年齢ではないかしらと思いつつ、歩いてリュクサンブール公園に出て、そこからやむを得ず嫌いな地下鉄でマレーに行った。

帰宅後、20時のニュースで、今日の午後3時59分に、13区のメゾン・ブロンシュ駅近くで、13人の怪我人を出した爆弾テロがあったとのこと。エトワール広場やサン・ミッシェル駅で起きた時と同じガスボンベ型の爆発物らしい。今日は、9月29日に警察に銃殺されたケルカルの葬儀の日だったので、それと関係があると思う。やはり、世間でいう「イスラム武装グループ」の仕業だろうか？　なかには第2次アルジェリア戦争だという人もいる。

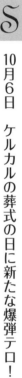

T　10月7日　ジョルジュ・サンドの『ガブリエル』

「ヴュー・コロンビエの土曜日」というシリーズがあって、ジョルジュ・サンド、ポール・クローデル、ヴィリエ・ド・リラダンなどの作品名がプログラムに並んでいた。ヴュー・コロンビエ座も年間会員になっているので、今日の「土曜日」がシリーズの初回で、予備知識もなく出かけた。チケット料金が普通の料金の3分の1だし、全部自由席だという。少し、早めに行って劇場内のバーでコーヒーを飲んでいると、目の前に役者らしき人が立ち話をしている。今日の芝居のことらしい。

ベルが鳴り、幕が開くと、数人の役者たちが普段の格好で分厚い台本片手に座っている。音響の担当者が私たちの座席の前にいる。納得！「土曜日」は朗読会なのだ。今日はジョルジュ・サンドの『ガブリエル』。ほれぼれするような美しいフランス語に聞きほれていると、役者たちは台本片手に、本番さながらの動きをみせる。これは朗読会というより、舞台稽古を見せる会といったほうが正解かもしれない。演出はジャック・コノール。この名前に聞き覚えがあると思ったら、なんと、昨年夏、ミュッセ作『気まぐれ』を演出した人ではないか。私は一度会って話をしたこともあるではないか。なるほど、今度はサンドの『ガブリエル』。この男装のガブリエルはサンドによく似ているし、恋人とイタリアに暮らすところも、なにやら、ミュッセを偲ばせる。時折、台本を持っていることすら、忘れてしまうほどの熱演に感動。

ガブリエルにアンヌ・ケスラー、恋人アストルフにティエリ・アンシス（先ほど、バーにいた役者だ）、アストルフの母親にクリスチーヌ・フェルセン（この人は今コメディー・フランセーズで『リュクレス・ボルジア』の主役を演じている。今日はオフなのだろうか、掛け持ちだろうか？）等々。正味2時間、休憩ナシだったが、あっという間に過ぎてしまった。すっかり、「土曜日」のファンになってしまった。たった40フランで、こんなに充実したひとときがもてるなんて。それに、観客は常連たちらしく、劇場に慣れた感じの人たちが多かった。私だって、ずっとパリにいるのだったら、欠かさずに来るわ。

S　10月8日　バス63番の運転手さんの粋なはからい

私の大好きな63番のバスはセーヌ河に沿って、パリを東西に走る。パリ・リヨン駅から植物園、ソルボンヌ、オデオン、サン・ジェルマン・デ・プレ、アンヴァリッド、アルマ橋、トロカデロ、ミュエットと始発から終点まで乗っていたいくらいの路線である。

今日は日曜日だし、天気は良いし、乗った時から、何となくのんびりした雰囲気だった。ラスパイユ大通りにさしかかったところで、デモの大行進にぶつかってしまった。どうやら、私たちの進行方向に行くらしい。このバスは議会前も通る。私はバスから降りて近くまで見に行った（どうせ、バスはしばらく動けないのだから）。「中絶反対」、「子供たちを守ろう！」とかのプラカードが目立つ。静かでお行儀の良いデモである。なかには、聖書を手に行進している神父の姿もみえる。延々と続くデモ。バスに戻って、運転手に「ずっと待っているの？」と尋ねると、「今、お客さんたちと決めたんだけど、デモを避けて、少し遠回りだけど（完全にバス路線からは外れる！）直接、アンヴァリッドまで行くことにした。途中で降りたい人は合図してくれれば、どこでも停めるから（バス停ではない！）」と言う。皆、ニコニコしている。私は、呆気にとられながらも、急いでいなかったので、そのまま乗っていた。いつもと違う風景に乗客たちは外を飽きずに眺めている。ロダン美術館の前を通り、アンヴァリッド（ナポレオンのお墓があるところ）の広場を横切り、セーヌ河岸に出た。途中で何人か降ろしてもらっていたけれど、皆、丁寧に運転手に「メルシー」を言っていた。一人の老婦人は「まるでタクシーみたいで、ありがたいね」と何度もお礼を言って去っていった。私は「観光バスに乗っている気分」で、運転手と乗客のやりとりに耳を傾けながらも、目は外の新鮮な風景に見入っていた。

10月9日　インディアンの夏？

昨日、今日と、気温が25度もある。「インディアンの夏」かしら？　フランスでは「小春日和」のことを「インディアンの夏」と呼ぶ。街は半袖姿も見られるし、カフェはまるで真夏のヴァカンス時みたいに賑わっている。9月に入ってから、急に寒くなり、暖房を入れてたくらいだから、この太陽のおまけはパリジャンをすっかり喜ばせている。私はといえば、また、夏物をひっぱり出して着ている。ここ数年、フランスも暖冬が続いているとか。さて、今年は？

S 10月10日　フランス全国のスト風景

随分前から今日の公務員のストについては予告があったので、それぞれに対応策を考えていて、大した混乱は見られなかった。しかし、10年ぶりの全国規模大ストで、パリの場合、地下鉄&バスは75%の運転中止、国鉄は5本に1本の列車しか走らないしで、道路は大渋滞。郵便局も区役所も閉まっているし、学校までがかなり休校になっている。小学校の教員の86%、中学・高校の教員の70%がストに参加しているというのには、さすがに驚いてしまった。

フランス人全体の60%（残りの人たちは失業者たち、あるいは失業者に同情している人たちで、「職すらない人がいるというのに、給与を上げろというストはどうだろうか?」という感じ）はこのストに同意を示しているくらいだから、不便なのは覚悟していて、むしろ「特別の日」を、スニーカーで徒歩（パリは、東京に比べればとても小さく北から南まで歩いても2時間で横断できる）、自転車（フランス人の自転車好きは「ツール・ド・フランス」で証明済み）、ローラースケート（結構、若者は様になっていた）などで乗り切っていた。

もっとも、日本のストのように悲壮感はなく、乗物の手段がなければ、諦めてさっさと家に帰る人もいる。でも以前と違って、今回のストはできる限り頑張って職場に行った人もかなりいたそうだ。就職の酷《きび》しい状況を反映している。

10月11日　アレクサンドラとアンジェラ

アレクサンドラ・レイノーとアンジェラ・ダンカン。いずれも女優の名前みたいにぴったり決まっている。綴り字も音の響きも。さらに二人とも若くて美人だといえば、誰でも会ってみたくなるだろう。

アレクサンドラはモナコ出身で私の隣人、アンジェラはイギリス人で私のアパルトマンの前住民。私自身、初めて二人の名前をレターボックスに見つけた時、思わずにっこり、会ってみたいと思ったほどだった。結局、アンジェラに会う機会はなかったが、アレクサンドラは引っ越しの翌日に出会った。私と同じ5階でキッチンが向かい合っているので、窓越しにおしゃべりをしたりするようになった。

今日は彼女の家に夕食を招待されている。我が家のドアから真向かいのドアまで数メートルしかないのだから、一番近い「お出かけ」だけれども、こちら式に、ピンクのバラを10本ほどブーケにしてもらってプレゼント。21時にアペリティフから始めた夕食は午前0時過ぎに「カルトン」のケーキと「マリアージュ」のお紅茶でお開きとなった。帰るのもラクチン、10秒で自宅に到着!

10月12日　ベジャールの振り付けとダンサーたち

モーリス・ベジャールがローザンヌのバレエ団を率いて、シャイヨー劇場に来ている。9月22日から10月22日までの1カ月公演だが、連日、満員御礼の状況は見事というしかない。東京ならば、せいぜい、2日から4、5日の公演が限度である。

5つのプログラムが用意されているが、今日、私が見ることができたのは4番目の「日記Ⅰ・Ⅱ」(ストラヴィンスキーとワグナーの音楽にのせて)と「クロズカ」(黛敏郎の音楽にのせて、「能」からヒントを得たもの)。最初の「日記Ⅰ」には、ベジャール自身が舞台の端で机に向かって日記を書きながら、ストラヴィンスキーの音楽に合わせて稽古中のダンサーに振り付けをしていくという形式であるが、ベジャールのバレエ団でユニークなのは特定の「スター」というよりも、世界中の「友人たち」、「ダンサーたち」とともに踊るということで、今回も多くのダンサーたちが活躍していた。小林十市君(この青年は私が現在も所属している小林バレエ・アカデミーに少年時代いたことがあると聞いている。昨年「三島」を演じて一躍第一線に出てきた期待の若手ダンサーだ)が「日記」で踊っているかと思えば、あのナンバーワンダンサーのパトリック・デュポンとマイヤ・プリセツカヤ（この永遠のプリマは11月で70歳になるそうである！）が着物姿で「クロズカ」を「演じる」。

いつもクラシック・ナンバーばかりみていると、こういう新作は、楽しい。ただ、今回は、「日記Ⅱ」のワグナー編と「クロズカ」は難しかった。

10月13日　大相撲パリ大会見物

13日の金曜日に、パリ・ベルシーのパレ・オムニスポールで、生まれて初めて観る大相撲‼ 相撲好きの両親の影響で、子供の頃から、相撲はラジオで聴き、テレビで観てきた。東京では不可能に近い入場券がパリでは手に入った。20時からだというのに、17時には家を出て、18時にフランソワーズとジャック、そして、Wさんと合流。軽く夕食を済ませ、19時10分、車でベルシーへ。完成したばかりのベルシーのスポーツセンターは巨大で、一体、何人くらい収容できるのだろう？　私の席はYの39列12番、ホール全体からすれば、ほとんど1番前と言ってもよい席だ。今日の「ル・モンド」には相撲特集が載っていたくらいで、テレビでは、ほとんどのチャンネルで予告していたし、フランス2は明日特別番組を用意している。貴賓席には、シラク大統領夫妻を始めとし、柔道の世界チャンピオンになった人など、ずらり。面白いのは、観客の反応だ。スポーツ関係者が紹介されると、ものすごい拍手があるのに、シラク大統領にはいたって消極的。シラク大統領の支持率が30%に下がっているのをもろに反映しているのではないか。フランス人はこういうところにとても残酷なところがある。

大相撲のプログラムは、関取全員の羽織袴姿で開幕の挨拶、土俵の説明、デモンストレーション、子供たちとの相撲（若乃花や武蔵丸と）、太鼓紹介、幕内の土俵入り、横綱の土俵入り、アントラクト、トーナメント形式の相撲、弓取り、優勝カップ授与で終わり。午前0時近くまでかかったが、疲れなかった。大ファンの若乃花の時は、思わず、掛け声をしてしまった。残念ながら、準決勝戦で、弟の貴乃花に敗れた（というより、負けてあげたのではないかと思えてしまう、ファンとしては）。優勝カップを手にしたのは曙。予定通りという気がしないではないが、最高に楽しかった。

10月14日　明太子・高級インスタント麺・鰻の蒲焼き

明太子、高級インスタント麺、鰻の蒲焼きの共通点は、パリの日本人に喜ばれたおみやげベストスリーである。70年代は明太子だった。ニースの日本人家庭で、取材中にご馳走になった明太子スパゲティは、我々がリクエストに応じて持って行った明太子がすぐに料理されたものだった。日本に一時帰国する度、プラスチック製の保存容器にびっしり明太子をつめて（良質の明太子ほど、立派な木箱にちょっぴり入っているので）持ってくる友人もいた。

80年代は「高級インスタントラーメン」。軽いけれどかさばるので、あまりたくさん持ってこられないが、パリのラーメン屋さんよりずっと美味しいと評判だった。これはパリの友人宅でご馳走になったのが初めてだったけれど、彼女が野菜をたっぷり入れて豪華にしてくれたこともあって、本当に「オイシイ！」と言ったのを覚えている。明太子もインスタントラーメンも、私自身、こちらに住んでいた時、おみやげに頂いてとても嬉しかったものだけれど、どちらも「歓迎されるおみやげナンバーワン」として定着していた。

90年代の真空パック入りの鰻の蒲焼きは、逆に、私がパリからリクエストされて持ってきたおみやげだった。つい、2カ月ほど前にこれを持ってきて、歓迎されたと思っていたが、今日は、私が頂く番だった。仕事でパリに立ち寄った友人が届けてくれた。

食生活の習慣というのは不思議なもので、どんなに外国暮らしに慣れていても簡単には変わらない。私はパリに戻ってきて「水を得た魚」のようだと旧友たちから言われつつも、パリジェンヌとはっきり違うことは食文化。ワインもチーズも大好きだし、フランス語を話すことも全く抵抗はないし、フランス人の中に混じって暮らしていて全然違和感もないのだけれど、食の好みが違う時に自分を外国人だと感じる。

20年も前になるが、美味しい手打ちうどんを食べている時、フランス人の友人は「それ」をながめるだけで、箸をつけなかった。同じ味覚を共有できない悲しさにべそをかいてしまったのを覚えている。誰のせいでもないのに、うまく説明できず、無性に悲しかったものだ。

S 10月15日　ロワシー空港のハプニング

今朝、ロワシー空港へと向かった友人は、無事に飛行機に乗れたのだろうか？　彼は30分もあれば空港に着くだろう（成田空港みたいに遠くはないから）と話していたので、13時発のフライトならば、2時間前の11時には空港にいるとして、10時30分頃にホテルを出ると思って、「ボン・ボヤージュ！」の電話をしたら、ちょうど車に乗るところだった。間に合って良かったと安心していたら（飛行機嫌いの私は、自分が乗る場合も、人が乗る場合も、「最後」の電話をするくせがある）、お昼のニュースで、空港がストで大渋滞だという。何と空港に入る道路をデモ隊がふさいでいるという！　空港近辺の住民の環境問題ストらしい。

荷物をいっぱい抱えた旅行者たちは、どうなったのだろう？　飛行機はどれくらいの時間、乗客を待っていてくれるのだろうか？　想像を絶する。5日前のゼネストの時も、一番大変だったのは外国人旅行客だった。限られた時間（日程）しかないのに動けないのは旅行者にとって何よりつらい。ストに対して、生活者は前もって知らされているし、なんらかの対応策は考えることができるが、旅行者（特に急な出張旅行など）はお手上げ状態である。ストライキは何かを訴え、要求するために実力行使するものであるが、とばっちりを受けるのは、いつも、何の関係もない無防備な弱者たちではないだろうか。

ストの多いフランスでは、大部分の人がストを抵抗せず受け入れる。何事も主張するフランス人がストに対しては諦めるのだ。主張するためにするストだから？

10月16日　ユゴー作『報酬の1000フラン』

ヴィクトル・ユゴーの戯曲に『報酬の１０００フラン』"Mille francs de récompense"《ミル・フラン・ド・レコンパンス》という作品があるのをどれくらいの人が知っているだろうか。私自身、作品のタイトルくらいは知っていても読んだことはなかった。もちろん、舞台で観るのは初めて。今年度はコメディー・フランセーズがユゴーの戯曲を2作品を上演するので、楽しみにしていた。先日、観た『リュクレス・ボルジア』は、既に何年か前に観ていたし、ストーリーも知っていたが、今回の『報酬の１０００フラン』は、全く予備知識なしで観に行った。

意外なことに、これが実に面白い楽しい芝居だった！　最初から最後までグラピューというおしゃべりな主人公が観客を魅了するのだ。グラピューは『レ・ミゼラブル』のジャン・バルジャンと同じ宿命の人物であるが、性格はまるで違う。二人とも犠牲を払ってまで他者に善意を示すという同じ道を歩む。しかし、物静かで高貴な態度のジャン・バルジャンに対して、グラピューはにぎやかでおしゃべり、プラグマティックだ。むしろ、「成長したガブロッシュ」といったほうが良いかもしれない。始終、独り言（というより観客に打ち明け話）を言いながら、逞しく運命を受けとめていく。とてもとても魅力的な人物である。観客も予期していなかったみたいで大喜びで拍手喝采。「ユゴーはこんな作品も書くのね」と頷きながら、帰って行った隣席の婦人の言葉が忘れられない。

S　10月17日　9回目の爆弾テロ　オルセー美術館近くの地下鉄車内

今朝7時5分、RERのオルセー美術館駅とサン・ミッシェル駅の間のトンネルの中で、いままでと同じ型のキャンピングガスボンベが爆発した。重傷5人、軽傷19人が出た。

通勤時間帯で、しかも真っ暗闇の地下鉄内という状況にもかかわらず、思ったより被害が少なかったのは、悲しいまでに爆弾テロに慣れてしまった結果、乗務員、乗客、救急隊、警官の対応が冷静で速やかだったからという。パリジャンたちが運命論者になってしまった感がある。

でも実際に被害にあった人のなかには、恐怖で声が全く出なくなった子供や女性がいるし、地下鉄はおろか、外出すら拒否する人もいるのだ。1月の阪神・淡路大震災の時もそうだった。身体の傷より心の傷のほうが癒えないのだ。私など一見勇気がありそうにみえるけれども、内心とても臆病だから、動揺してしまうのだろうなあ。「人間大好き」といつも言っている私であるが、ここのところ、人間の愚かさと弱さばかりが目についてしまう。

S　10月18日　警官とバゲットの街・パリ

昨日1日で400名前後の人が警官に尋問されたという。大きい荷物を持っている人、外国人（特に、イスラム武装グループGIAが一連のテロ事件についての犯行声明を行って以来、フランスとイスラム原理主義派の関係が悪化）は、要注意で、気をつけてということになるのだ。警官の数の多さに驚かされる。こんなに大勢の警官、どこから出てきたのだろうと思うほど、異様に多い。

サン・ミッシェル（5区）とオルセー（7区）の間に住んでいる私（6区）は、この「異常地域」で「平常生活」をしている。1日に1、2度は必ず立ち寄るパン屋さん（朝、昼、夕方には、焼き立てのパンを待つ人で列ができている）には、「いつものを」、「よく焼けたのを」、「バゲット半分」などと言うお客の声に混じってパンの香ばしい匂いがしてくる。ここにはいつもと変わらぬ平和な光景がみられる。街を歩くと、バゲット（最近はバゲットを専用の紙袋に入れてくれる！）を小脇に抱えた人と同じくらいたくさんの警官の姿を見かけるのは、やはり変だ。

10月19日　緊急医療SOSのこと

あれは、ゼネストの前日だったから、10月9日のことだった。週に2度ほど通っているバレエスタジオに出かける前に、家でトウシューズ姿でピルエットの練習をしていた。我が家は床がフローリングなので、稽古場と同じくらいに思って、時折、練習してから出かけていた。今になって反省してみれば、稽古場と違うのは、手を置くバーがないこと、床の滑り止め用粉がないことだった。ほんの少しの練習だからと甘くみて、油断をしたのが、失敗のもと。トウシユウーズが滑った！

幸い、上手に（？）滑ったので、右の頬を打っただけで済んだ。頬骨が痛かったが、鏡でみてもなんともない。冷蔵庫の氷で冷やしながらも、顔だから後でブルー（内出血による青痣）が出たら嫌だなと思い、SOS・MEDECINS《メドサン》（過去十数年の滞在中に2、3度お世話になっている。救急車を呼ぶほどではないが、緊急の医療措置を指示してほしい場合とか、動けない時に最寄りの医者を派遣してもらいたい場合など、本当に助かる。フランスの病院はなにせ待たされるから）に電話をして、「たいしたことはないけれど、滑って顔を打ってしまった。傷はないが、ブルーが心配。今、氷で冷やしている。適切な処置法を教えてほしい」というと、「痛みがひどければ、救急病院へ。たいしたことなければ、冷やしていればよい。もし、ブルーが顔に出たら、1週間は消えないが、大丈夫そうだ。お大事に」という返事で、冷静な対応と処置を誉められた。すっかり安心して、しばらく冷やしながら横になった後で、予定通り、バレエスタジオに出かけた。さすがに顔が気になり、何度か鏡を見たけれど、大丈夫。よーく見ると、微かに右の頰が「色づいている」。反省、反省。もう家での練習はなし。それにしても、SOS・MEDECINS は有り難い存在である。

結局、この話は夫にも誰にもしなかった。心配をかけるし、軽率な奴と言われそうで。今は一人暮らしをしているのだから、慎重に生活しなければ。

70　10月20日　「振り向けばパリ」

パリはいくつもの顔を持っていて、人それぞれになつかしい故郷のようなノスタルジーを感じさせる街である。時代を超えて、国境を超えて、どれほど多くの有名・無名の人たちがパリを語ったことだろう。今、すっかり評判を落としているフランスだが、どんなにフランス人が嫌われようとも、フランスが攻撃されようとも、パリは様々に顔色を変えながらも、それぞれにとっての「私のパリ」は存在するし、存在し続ける。パリはパリジャンだけのものではなくて、世界中の人たちのパリなのだ。ここは異邦人でも故郷として住める稀有な街である、亡命者も旅人も留学生も。現在の私も、「振り向けばパリ」で、この地点から始まっている。ボードレールでなくても、群集の中の孤独はひしひしと感じつつ、生きている。私の場合、パリの孤独から「パンセ」することを知った。この街は人を鍛え上げてくれる。

S 10月21日　アンティークドールの週末

ブルゴーニュ地方に近いトウッシーという小さな町に、孔雀や鴨や鶏たちと一緒に、フランソワとダニエルは暮らしている。パリはモンマルトルの丘の麓に暮らしていたパリジャンたちだが、仕事はパリで、生活は田舎で過ごしたいと、ある日、トウッシーへ引っ越していった。年に1度（私がパリに来る時はいつも）、この田舎を訪ねるのを楽しみにしているが、シドニー（大きな家鴨《あひる》）が孔雀に失恋して衰弱死してしまったこと（これは本当の話）や、二人の共同作業で人形の百科辞典計画など、話し始めると止まらないくらい大小のニュースのある夫婦である。

今回は今日・明日の2日間、「アンティークドールの週末（パリ）」というテーマで、彼らがパリのヒルトンホテルで2年に1度主催するアンティークの玩具と人形の国際オークションに、私も参加してみることにして、エッフェル塔の真ん前にあるヒルトンの会場に出かけた。以前からオークションの雰囲気が好きで、買うお金もないくせに何度か出てみたことがある。今回の話題は18世紀末の作品で「ポーランド様式の天蓋ベッド」（ミニチュア）、15000フランだとか。ジュモー人形の靴が700フラン、パリジャン人形の傘が3000フラン。私には想像を超える買いものであるが、世界中からコレクターたち（プロもアマチュアも）が参加しているのだ。外野で見ている分には面白いし楽しい。鑑定家や競売師のやりとりが実に生き生きしていて、独特の雰囲気を出している。玩具も人形も（19世紀の作品が多い）とても精巧にできていて、家具、服装、小物など、当時の暮らしがよく理解できる。人間はせいぜい生きても100年だけど、人形たちは衰えることなく、今を生きている。

10月22日　演劇出版市のにぎわい

10月15日から30日まで、LE TEMPS DES LIVRES《ル・タン・デ・リーヴル》「書籍の季節」という年に1度の書籍祭みたいなものが、書店を中心にあちこちで開かれているが、その関連行事として、うちから徒歩1、2分のオデオン座の前で、昨日・今日と「演劇出版市」が、立っている。

昨日は初日で、主催者側の出版社の人たちと一緒に我々お客もオープニング・パーティーでシャンパンとカナッペを頂きながら祝った。オデオン座の前に張った3つのテント会場にあふれんばかりの（本当は外にもすでにあふれていた）人・人・人。15年ぶりに演劇研究所の恩師にも会えたし、ソルボンヌの恩師たちの書物も店頭で見つけた。L'Avant-Scène《「ラヴァン－セーヌ」》（上演前の芝居を紹介、その台本を掲載している演劇の月刊誌）の出版社が「四つの風の出版社」Editions des Quatre-Vents《エディション・デ・カトル－ヴァン》といって、私の住んでいる通りの16番地にあった（今は住所が変わったが、社名は同じ）ことも知ったし、「月刊演劇史」Revue d' Histoire du Théâtre《ルヴュ・ディストゥール・ドゥ・テアトル》の出版社の人たちとは、一緒に写真も撮った。探していた雑誌、欲しかった本が次々に見つかるので、ゾクゾクするほど嬉しかった。昨日はお昼から空き腹に飲んだシャンパンがすっかり効いてしまい、カフェで一休みをしてから、ヒルトンのオークションに出かけたが、今日は、じっくりと書籍市を楽しんだ。

主催者もお客も、共通点は演劇だから、書く人、出す人、演じる人、観る人、批評する人が一体となって、大好きな芝居の話をしている。もしかしたら、売るのも買うのも、おまけにすぎないのかも。年に1度（毎年10月の第3土・日らしい）の顔合わせが主目的ではないかと思う。出版社の人たちと来年も来ると約束してしまったけれど、私には大学の後期が始まっていて無理だろうなあ。「演劇とレジスタンス」とか「占領下の演劇」などという、まさに私が今関心を持っている記事を見つけたのもこの会場なのに。

10月24日　新式の滞在許可証

今朝は10時15分にパリ北東部のはずれにある国際移民局で定期検診を受けなければならなかった。これは滞在許可証を得るためには必ず受けねばならぬもので、レントゲンと尿の検査、体重・身長測定、検眼、診察の順で所要時間1時間弱だったが、１０００フラン（2万円強）

も取られた。この時間帯はプレスカードを持ったジャーナリスト男女4人、フランス人と結婚したメキシコ人女性、在外研究員の私だけだったから、「フランスでは収入を得ない（働かないという意味ではない）自国のプロフェッショナル」と「フランス人と結婚した外国人（長期の滞在許可証がいるらしい）」というカテゴリーの呼び出しだったみたいだ。待ち時間の間にすっかり皆と仲良くなっておしゃべり、お医者さんも明るく饒舌。誰もが感じの悪い警視庁の対応とここの和やかさを比較していた。

診察が終わると、証明書をくれる。これを持って警視庁へ滞在許可証を受け取りに行く。爆弾テロ続きのパリだから、警視庁に入るには、空港の税関と同じ手続きをする。つまり、手荷物も人間も完璧にチェックされる。窓口で正規の許可証を受け取る前に、婚姻証明書を出して、仮の許可証が「独身」になっているので、「既婚」に変更をしてもらう。彼らにとって未婚・既婚は大した問題ではないらしく、面倒くさがっていたが、私には滞在許可証にKANOSE Satsue（Epouse YAMAMOTO）鹿瀬颯枝（山本の妻）と明記されることが大切なのである。独身だと山本颯枝だけで、鹿瀬が消えてしまう。これで、公に鹿瀬でも山本でも通用するようになった。もう一つ、ラッキーなことに95年5月から滞在許可証はパスポートに貼り付けられるようになった！　ついこの間まで、オレンジ色で三つ折のカードだった。パスポートと別々に持ち歩かなくても済むが、失うと大変だ。入国3カ月近く経って、来年8月までの許可証をくれたが、私は3月には帰国すると言っているのに。おかしなところだ。

T　10月25日　もう一つの『気まぐれ』

ミュッセの一幕劇『気まぐれ』をリュセルネール劇場で観たのは、昨年の7月下旬。大部分の劇場が夏の休演に入る時期に、初演、しかも9月まで連日の上演ということだけでも、驚きだったのに、ミュッセの作品であったから、もちろん、私はすぐに出かけた。結局、3回も観た。最初は一人で、2回目はユベルスフェルト教授（演劇研究者）とカメラマンの広瀬さん（8ミリカメラで録画するための協力者）たちと、3回目は録画させてもらったお礼と演出家コノール氏に会うため。夏季休暇明けには、大学の授業（仏文講読）で学生たちにビデオを見せながら、現在の『気まぐれ』をテキストに使った。演劇試論にも取り上げた。そんな作品だから、よーく知っている。

今回は、もう一つの『気まぐれ』をLe Guichet Montparnasse《ルギシェ・モンパルナス》ギッシェ・モンパルナス劇場というところで観てきた。モンパルナスのメーヌ通りにある見逃してしまいそうな小さな芝居小屋（50席のみ）で、道路と観客席は2メートル余りしか離れていない。畳1枚分のギッシェ（窓口）以外は、もう客席と舞台で、最前列で観た私は役者たちと1、2メートルの距離である。役者たちが皆とても若くて、登場人物の年齢とほぼ同じくらいだった。レリィー夫人24歳はキャロル・チボー26歳、マチルド20歳はマリ・ラヴェルというふうに。初々しくて新鮮な『気まぐれ』だったが、マチルドの夫シャビニー役のフランツ・エルマンが若すぎて（26歳）、したたかなプレイボーイで年上男性の役は、背伸びしても無理だったようである。

S　10月27日　万聖節 TOUSSAINT《トゥーサン》のヴァカンス

11月1日の万聖節は文字通り、TOUS SAINT《トゥー・サン》で、「諸聖人」という意味だから、日本のお盆みたいなものである。故人を偲びつつ、菊の花をもってお墓参りをするのだ。しかし、大半の人にとっては、トゥーサンといえば、「万聖節のヴァカンス」を指し、学校も1週間余り休みになる（今年は、金曜日27日の今日の夕方からヴァカンスに入り、来週の日曜日11月5日まで）ので、日本式に里帰りをする家族や、旅行を計画する人など様々である。

問題はこの時期に交通事故が一番多いということだ。フランスはヨーロッパで交通事故死が最多という不名誉な記録を持っているし、イギリスなどはフランスの半分の被害しかない。この時期には交通事故防止のためのキャンペーンがテレビなどを通じて大々的に繰り広げられる。飲酒運転、居眠り運転、スピード運転などが、言わずと知れた主な原因である。

車がオフィス代わりというフランソワは、愛車が某ドイツ車のおかげで、高速道路での事故にもかかわらず、2度も本人は命拾いをしたという。ということは2度も某ドイツ車を買い替えなければならなかったわけであるが、頑丈なことで定評のある車（これはやはり宣伝になるのかしら）以外は乗れないと「不死身のフランソワ」は断言するのだ。彼の名誉のために付け加えると、運転は抜群に上手だし、酒は普段から飲まない。2度とも、相手にぶつけられている。つまり、交通事故は、やはり、いくら自分が注意しているといっても、起きることがあるのだ。私自身、短期間に教え子を2人も交通事故で亡くしている。

T 10月28日 ブッフ・デュ・ノール劇場

ブッフ・デュ・ノール劇場は、パリ北駅近くにあり、1876年に兵舎になるはずの建物が530名収容できる劇場になったという逸話を持っている。表から見ると、何かの倉庫みたいな印象を受けるが、中に入ってみると、丸天井の不思議な味わいのある劇場である。1952年には警視庁の「古すぎて、安全が保障できない」との判断で閉鎖になったが、1974年、この古い建物がすっかり気に入った演出家のピーター・ブルックが完全に修復をして、再開。以来、この劇場の上演題目は秋の演劇・音楽祭参加の代表作品が多く、ピーター・ブルックとともに話題をさらっている。観客にわりと「通」が多いのも特徴だろう。

今日、私が観たのはサミュエル・ベケットの『勝負の終わり』で、これも演劇祭参加作品であるが、すでに、この夏、アビニオンの演劇祭で上演されている。アイルランド人のベケットがフランス語で書いた代表作の一つをドイツ人の役者がフランス語で演じるのを日本人の私が観劇（「感激」というべきかもしれない）できるのは、やはりパリだから。ドイツ訛りが微かに残る（以前出会ったドイツ人女性ドロテアと同じ訛り！）この役者父子の名演技には脱帽!!

10月29日　イングマール・ベルイマン作『夫婦生活の情景』

私の「芝居小屋通い」は続く、お金の続く限り。東京でこんなにしげしげと芝居を観に行っていたら、とっくに破産しているだろう。こちらでは、料金が最高に高い席で6000円弱（オペラで1万円弱、バレエで8000円くらい）で、安い席は1000円弱で買える。コメディー・フランセーズやオデオン座のような国立劇場ならば最高でも3000円くらいで買える。さらに学生やシニア（60歳以上）は割引があるし、いずれにも該当しない私には、当日券が半額になる「芝居専用のキオスク」に行けば、当日の一番良い席（但し数は限られているが）が半額で入手できる。残念ながら日本には、これほどたくさん観られる芝居もなければ小屋もない。だから今は資本投資だと思って、芝居に狂っている。

今日は少しミーハーをして、私の大好きなニコル・ガルシアとアンドレ・ドュソリエ主演の『夫婦生活の情景』を観てきた。これは、原作がイングマール・ベルイマンだというと、もう想像がつくと思うが、彼の名作の数々を思い出せば、夫婦、親子、男女の微妙な関係が見事に描かれていたことに気づくであろう。ジャック・フィッチによって非常にフランス的に脚色されている。芝居というより日常生活の断面図をみているようで、身につまされる。ひいきの役者さんたち（彼らは普段舞台より映画のほうでよく観る）だから、多少、評価が甘いかもしれないけれども、良かったなあ。彼らももしかしたらあれは演技ではなくて地でやっているのではないだろうか。フランス人の夫婦そのものだ。

10月30日「私のお気に入り」

私の通っているマレー地区のダンスセンター（芝居以外に規則正しく通っているところはここしかない）は、あらゆる種類のダンスを教えているところ（アマにもプロにも）だが、今日、アニタ（ハンブルグ・オペラ出身）のクラシックバレエのレッスンを終えて、汗まみれで出てくると、真向かいのスタジオにウェインがいるではないか。86年まで私のダンスの先生だった“Mon chouchou”《モン・シュシュ》（ポーランド系のアメリカ人で、ニューヨーク・シティ・バレエ出身。同じくポーランドのアリシアに、ある日私が彼のことを「私のお気に入り」だと話して以来、私たちの間では定着してしまった。もちろん、彼は知らないが）だ。

現在、彼のクラスはプロと上級用しかないので、出ていないが、スタジオが真ん前だとは知らなかった。思わず、レオタード姿のまま彼に会いに行ったら、「オー！　颯枝ではないか、何という嬉しい驚き（直訳すぎるけれども）！　コンニチワ（これは日本語）」と言って、レッスン前の大勢の生徒が見守るなか、両手を広げてフランス式キスでご挨拶。もう8、9年は会っていないのに、難しい私の名前までよく覚えていてくれたこと！　レッスンが遅れるといけないので、すぐに引き下がったが、相変わらずの人気でスタジオは生徒であふれていた。やはり男の先生には男性の生徒が多かった。貴重な存在である。

C　10月31日　プリモ・レヴィとドレフュス事件

夕方、ＦＮＡＣ（本とレコードの専門デパート）で、プリモ・レヴィの本を2冊ほど買った。『もし人間ならば』と『アウシュビッツ後の40年』の2冊である。

プリモ・レヴィは１９１9年イタリア・トリノに生まれ、87年4月に自殺してしまった。作家というより、彼はアウシュヴィッツ強制収容所の生存者として、真実（恐るべき体験）を書き残すことを使命に、生きてきたのではないだろうか。１９４3年12月、24歳の時に捕らえられ、１９４5年1月に自由の身になるまでの1年余、アウシュヴィッツのユダヤ人絶滅収容所での出来事をつぶさに書き綴ったのが、前者の本で、最初に出版されたのは１９４7年だが、１９５8年にイタリアで学校教材用に50万部出版されるまでは日の目を見なかった。後者は自殺する1年前の１９８6年に出版された最後の著書で、『アウシュヴィッツ後の40年』がすでに様々に想像させてしまう。

こうして、いかにもプリモ・レヴィを以前から知っていたかのごとく話す私だが、実は恥ずかしながら、かろうじて名前が右から左に抜ける程度で、ほとんど何も知らなかった。この9月に例のシンポジウム「生き延びるためには」に参加して初めて彼の生涯と作品を知った。後になってみれば、夫の論文にもプリモ・レヴィは引用されていた。遅ればせながら、この2冊から読み始めたいが、作者の序文を読んだだけで、いきなり、もう胸をしめつけられ、辛くなってしまった。どんな思いをしながら、書き続けたのだろうか。折しも、テレビでは2日連続でドレフュス事件を放映していた。

T 11月2日 ベノ・ベッソン演出の『タルチュフ』

昨日は万聖節で、死者のお祭り。ミュッセやショパン、最近ではエディット・ピアフが眠っているペールラシェーズの墓地は色とりどりの菊の花でいっぱいだったようである。3月に若くして亡くなったミッシェルのお墓は真っ新《さら》である。昨日は皆がお花を植えて（切り花ではなく）、お花畑にしたそうである。私も近いうちに彼の好きな花を植えてこよう。

既に10月10日からオデオン座で上演中の『タルチュフ』をやっと観てきた。12月3日が最終日ということや家から2分という近さが、かえって、いつでも行けると思い、チケットの予約が遅くなったせいである。何といってもベノ・ベッソンの演出で観られるのだから。それにモリエールの芝居のなかでも偽善者タルチュフはドン・ジュアンとは全く違った面白さがあるし、いつの時代も身近に存在する人物を思い出させてくれるから、必見の芝居と手帳に印をつけていたくらいだ。ストーリーはあまりに有名すぎて、語る必要もないが、それゆえに演出で決まる。ベノ・ベッソンは１９４８年（25歳の時）にブレヒトに出会う。１年後にはブレヒトを訪ねて東ベルリンに行き、１９５６年（ブレヒト死去）以降は、ベルリンで演出。１９７８年にR.D.A.（Republic democratique allemande〔旧東ドイツ〕）を離れ、フランスに戻り、フリーの演出家として活躍。私もソルボンヌの演劇研究所時代に彼のことはブレヒトの存在とともに学んだ。

ベッソンにとって『タルチュフ』は特別の意味がある。彼が１９６３年ドイツ・シアターで初めてドイツ語版で演出したのがこの作品だったのである。それから、30年余を経ての同作品の演出だけに、かなり期待してきた観客が多かった。私もその一人。究極の『タルチュフ』を観た！　タルチュフ役のジャン＝ピエール・ゴスとオルゴン役のロジェ・ジャンリーにはかなわない。こんなに笑った『タルチュフ』も珍しい。アビニオン演劇祭参加のアリアンヌ・ムヌーシュキン演出のほうは今太陽劇場で上演中だが、いつ観に行けるだろうか？　パリの外れのヴァンセンヌの森の中にあるのだから、夜は行けない。まさに太陽が出ているうちに行かねば。

11月3日　甘い話

あなたはハートで私はクローバー。昨日はダントン、今日はベルリオーズ。これはフランスの砂糖の話。フランス人の遊び心は有名であるが、砂糖もなかなか面白い。日本と違って、一般に角砂糖が多い。グラニュー糖は料理に使うくらいではないだろうか。その角砂糖に色々工夫がしてある。トランプのようにダイヤ（一番小さい）、クローバー（一番大きい）など4種類が箱に入った家庭用角砂糖や、商業用には、花のシリーズや人物シリーズがある。これは角砂糖2個が紙に包んであるのだが、例えば、今日私がカフェで使った砂糖にはHector Berlioz《ヘクトール・ベルリオーズ》(1803-1869) compositeur français《フランスの作曲家》と書かれていて似顔絵もついていた。以前は面白いのでコレクションしていたことがある。大きなカフェやレストランでは日本と同じようにカフェの名前入りを用意しているが、「ためになる」のは、やはり、ミニ情報入りの砂糖だ。

11月4日　晩秋のリュクサンブール公園

例年になく暖かい秋だったが、先週あたりから急に冷え込んできた。日が短くなり、灰色の空と長雨。毛皮のコートとブーツが必需品の季節がやってきた。その必需品を東京から持ってこなかったので、私は少々焦っている。長期滞在のため、ワープロを含めて40キロも荷物があった（20キロの制限重量を倍もオーバーしていた）。当然、最小限度の冬物しか持ってこられなかったので、これから必要に応じて買い揃えていかねばならない。

　連日の暗い天候に「リルケ」していたら、今日は久しぶりに見事な青空と太陽のプレゼント。夜型の私が珍しく早起きして、太陽を満喫（何しろ、日が短いのだから）することになった。道路を隔てて真向かいの住民はブルゾンを着て、テラスで読書している。寒いのに物好きな人だとは誰も思わない、一度でもフランスの長い冬を過ごした人ならば。皆、向日葵のように太陽に向かう。午後3時で、やっと気温が11度になったので私は完全武装をして、リュクサンブール公園へ「秋」を見にカメラを持って出かけた。結婚して以来、秋になると夫と共に新宿御苑を散策するのが習慣になっていた、「小さい秋」を見つけるために。

　今年は「大きい秋」を夫に写真でプレゼントしよう。リュクサンブール公園は我が家から歩いて2、3分だ。行ってみて驚いた。何という人出！　まるで真夏のリュクサンブール公園みたい。ただ、違うのは夏には観光客が多かったが、今はパリ住民ばかり。寒いし、少し風もあったのに、毛皮を着て、あるいはアノラック姿で、鉄製の肘掛け椅子に腰掛けて（これは本当にお尻が冷える！）読書をする人、瞑想にふける人、おしゃべりをしている若者たち、池にヨットの模型を浮かばせて遊ぶ子供たち（本当は親のほうが楽しんでいるみたい）。太陽もさぞ満足していることだろう、こんなに皆に喜んでもらえて。

S　11月5日　イスラエルのラビン首相銃殺ニュースとクローデルの『人質』

今朝ラジオのニュースで、イスラエルのラビン首相が昨夜銃殺されたことを知った。お昼のテレビニュースを見た。新聞休刊日の日曜日に唯一発行されている Le Journal du Dimanche《ル・ジュルナル・デュ・ディマンシュ》も買って読んだ。犯人は過激派の青年（27歳）で、すぐに逮捕されたが、同じイスラエルの民だという。ユダヤ人がユダヤ人の国の指導者を殺すというのはタブーだったはずで、イスラエル建国以来初めての出来事らしい。

つねに苦難の道を強いられてきたユダヤ人たちは心を一つにして団結している（少なくとも対外的には）などとナイーブに思っていた私だが、いつの時代もどこの国でも反対派が存在することを思い知らされた。平和のために運動する人たちが殺されるのは、どういうことなのだろう？　キング牧師、ケネディ大統領の死を思い出してしまった。私が生々しく記憶している二つの死である。

街でのインタビューに答えて誰かが「犯人がアラブ人でなくて良かったよ。もし、そうだったら、これで何もかもおしまいになるところだった」と言っていた。やはり、イスラエルとパレスチナ間の平和は複雑で難題そのもののようである。「平和」そのものが難題なのだ。「平和」のためと言って、核実験を強行するフランスをどうしてくれよう？

ちょうど今日はクローデルの『クーフォンテーヌ家の人々』の3部作の第1部『人質』を観

に、新しくマルセル・マルソーとともに生まれ変わったロン・ポワン劇場（以前のジャン＝ルイ・バロー&マドレーヌ・ルノー劇場）に来ていた。幕が開く前に口上があって、「イスラエル首相の死を悼み、劇団員一同、特別の思いをもって今日の舞台を演じます」との挨拶があった。今日の作品『クーフォンテーヌ家の人々』には、ユダヤ人の血が語られているからだ。クローデルの戯曲のなかでも、あまり知られていないこの3部作については、後日じっくりと語らねばならない。ロン・ポワン劇場についても同様に。

11月7日　哲学者ジル・ドゥルーズの自殺

11月4日、ジル・ドゥルーズが自宅（パリ17区）の窓から飛び降り自殺をして、亡くなった。70歳。パリ第8大学（ヴァンセンヌ大学）の教授でもあったが、1972年に出版された『アンチ・オイディプス』で一躍脚光を浴びて以来、三十数冊の著者であり、日本でもかなり翻訳されている「哲学者といわれている人たちの中でももっとも哲学者だった人」。

サルトル（1905―1980）が死んだ。フーコー（1926―1984）が死んだ。そして、今、ドゥルーズ（1925―1995）が死んだ。まさに、20世紀の「知」であった哲学者たちが消えていく。しかし、自殺はいけない。哲学者は自分の人生をまっとうすべきだと思う。自殺は我々に対する裏切り行為だ。

11月9日　フランスのプロテスタント

人はとかく「困った時の神頼み」で、普段は無神論者であっても、いざという時には「ああ、神様！」、“Oh, My God!”《オー・マイ・ゴッド》、“Ah, Mon Dieu!”《アー・モン・デュー》と叫んでしまう。フランスは、イタリアやスペインと同じく圧倒的にカトリック教徒が多いが、先月、興味深い調査結果が発表された。

4年に1度開催されるフランス・プロテスタント総会が、先月の10月27日から29日までトゥールーズで開催されたが、これを機に１９８０年以来という大規模な宗教意識調査が行われた。その結果から、プロテスタントの寛容性や自由、世俗性、少数派の尊重、極右・極左の拒否などが、カトリック信者にもアピールしているということがわかった。

フランスのプロテスタント人口は、たった70万人しかいないが、「心情的にプロテスタントに最も近いと感じる」という人は１８０万人もいるという。カトリック教徒にも無宗教者にも「心情的な」プロテスタントが増加しているというのが面白いではないか。しかし、表向きには、やはり、カトリックなのだから。ちなみにシラク大統領はカトリックで、僅かの票数で大統領選に破れた社会党代表のジョスパンはプロテスタントだ。

11月10日　エグジビショニスト（露出症患者）の出現

視力０・２という私と、おっそろしく視力の良い友人（女性）とが、夜のパリを歩いているとどういう目に遭うかという話。グルメ街ムフタール通りにある小さな映画館でLe plus bel age《ル・プリュ・ベル・アージェ》「最も素晴らしい青春時代」（パリの名門リセで、グランドゼコルの準備クラスにいる生徒たちの赤裸々な生活を描いたもの）を観て、小さな中華レストランで早めの夕食（女二人なので、早めに家に帰れるように）を取った。

20時半頃「プリンス通り」を映画の批評をしながら歩いていたら、友人が前方を見て、「変なのがいる」と囁く。近眼の私には、男が立っているのは見えても、何をしているのかは全くわからない。眼の良い彼女は、「エグジビショニストよ。ズボンの前をあけて、わざと私たちに見えるようにしているわ」という。何も見えない私は「知らん顔をして、通り過ぎましょうよ」と、そのままおしゃべりをしながら通り過ぎた。ホッとしていたら、後からまた追い越して前方に立ち、今度は何やら声をかけてきた。聞こえないふりをして急ぎ足で通り過ぎたが、まだついてくる。こういうタイプの人はただ見てほしいだけで、私たちに危害を加えることはないが、それにしてもしつこいので、ちょうど前方を走っていたバスに飛び乗って、煙に巻いた。２駅ほど乗ってから降り、反対方向のバスでもとのところに戻った。私は顔もあまり見ていないのだけれど、四角の顔をして髭をはやした27～28歳の小柄な男で、黒の革ジャンにジーパン姿だという。一瞬の間の出来事だったけれども、彼女の観察力の鋭さにはシャポーである。パリ生活20年以上のベテラン（?）だけに少々のことでは驚かない。私はさすがに気分が悪かったが。

V　11月11日　帽子の貴婦人

Dame au chapeau《「ダム・オ・シャポー」》と呼ばれているのは、アリシア。彼女の住んでいる界隈で知らない人はいないのではないだろうか。ポーランド系のフランス人だから、透き通るようなブロンドで、眼はグレーがかったエメラルド色。それだけで充分目立つが、それに外出する時は、必ず洋服に合わせて帽子をかぶり、完璧ファッションとくれば、一度で覚えられてしまう。花屋、薬局、魚屋（彼女は肉類を食べない）、パン屋と、どこでも「有名人」で、店先を通るたびに挨拶されている。その彼女の家をしばしば訪ねる私も日本人だから、これまた目立つ。

今日も、昼食に招かれていたので、近くの花屋でブーケを作ってもらっていたら、お店の人が覚えていて（彼女の家に行くと言うと）“Bonne journée!”《ボンネ・ジュルネ》「良い一日を」と声をかけてくれた。

9月にアリシアが足の手術をして、ギプスで歩いていた時には、薬局の人があれこれと親切にリハビリのアドバイスをしてくれた（何度か、私が代理で薬を取りにいったので）。華奢な身体で太く逞しく生きている私の大事な友人である。現在、彼女はスペインの哲学者オルテガの著書を読み漁っている。

11月13日　ドイツの劇作家たち

今晩、コメディー・フランセーズで、ドイツの芝居を観てきた。クライスト（1777―1811）作『ハンブルグの王子』。クライストが自殺する数カ月前に仕上げたというこの作品は、自分の夢と政治観を表現するために、三十年戦争を背景に一将官の「不服従」のエピソードを借りてきている。生前は失敗と失望の連続だったクライストにとって、ハンブルグの王子の栄光と愛の夢は、クライスト自身の夢でもあった。

私がドイツの芝居を初めて観たのは、ソルボンヌの演劇研究所時代、ブレヒトの『肝っ玉おっかあ』。演劇の勉強をするということは、フランスのみならず、イタリア、イギリス、ドイツと、幅広く学ばなければならなかったが、とりわけ、ドイツの芝居は新鮮だった。それまで観たことがなかったから。ブレヒト以外は、シラー、ゲーテ、ハイナー・ミュラーくらいしか観ていないので、今日のクライスト作品も実は初めて。ドイツ・ロマン派とフランス・ロマン派は、もちろん、質が違うけれども、クライストの死の1年前にミュッセが生まれ、フランスではロマン派全盛時代を迎える。ギリシャ悲劇『オイディプス王』から始まって、英『ハムレット』、独『ハンブルグの王子』、仏『ロレンザッチョ』と読み比べてみるのは面白い。「失意と絶望の若者像」が浮かび上がってくる。

T 11月14日　ポール・クローデルの戯曲

今回のフランス滞在中の収穫の一つに「クローデル再発見」（私にとって）が挙げられよう。私にとって、クローデルというと、カトリック作家、カミーユの弟、日仏文化交流、クローデル賞といった程度の印象で、あまり深入りしたことがない。カトリック作家ではベルナノス以外は特に好きではないし、クローデル家族のなかでは姉のカミーユの情熱と狂気の世界のほうに魅せられるし（彼女の彫刻は言葉にならないほど素晴らしい）、在日フランス人の日本紹介ではビゴーの風刺イラストが究極だ。

クローデル賞は、偶然、私のフランス時代の友人が二人もこの賞を取ったというのに、由来も知らなかった。そんな私が、この夏にパリに来て以来、何度「クローデル」に出会ったことか！　まず、ランス大学の教授にクローデルの孫娘マリー・ヴィクトワール・ナンテ女史がいた。恩師のユベルスフェルト教授のところでは、「19世紀ロマン派の後継者はクローデルよ」と言われるし、今秋の演劇カレンダーには、何とクローデルの作品が4つも上演されると載っていたのである。コメディー・フランセーズの『交換』、ロン・ポワン劇場の『クーフォンテーヌ家の人々』3部作（『人質』、『固いパン』、『侮辱された父親』）。現在、2作品を観たところ。さらには、「クローデルとヨーロッパ」というシンポジウムも12月2日に開催される。これでは、勉強しないわけにはいかないではないか。ましてや、彼の戯曲が面白い（私の長い間の先入観で、クローデルは真面目すぎる、長すぎる、退屈というイメージが一遍に吹っ飛んでしまった）となると。

それに、今、「レジスタンスと仏文学」に興味をもっている私にとって、1943年にジャン＝ルイ・バローの演出によって上演された『繻子の靴』が、占領下におけるもっとも輝かしい演劇的業績として、画期的な意義をもつ出来事であったというのは、聞き逃せない。占領下のフランス人が、精神的文化的には決して敗れたのではないことを示すためだったという。

11月15日　セザンヌの青緑色

大きさA4、厚さ4センチ、重さ3キロ、600ページ、350フラン。これがセザンヌ展のカタログである。これだけでも、いかに大がかりな絵画展であるかがよくわかる。9月25日から来年1月7日まで3カ月以上もグラン・パレで開催中であるというのに、まだ予約入場券（パリには、10時から14時までは、予約入場制度があり、ゆったりと観られる）が取れず、12月8日の正午（かなり前に予約してやっとこの日の入場券を得た）までは、セザンヌ展に行けないはずだった。ついに待ち切れないで、今晩（今日は朝から雨が降っていたし、水曜日は22

時まで開いているので、待てば入れると思った)、18時25分、グラン・パレに行ってみた。大成功! まず、当日券購入は、いつもは外で行列し、最低1時間待たされると聞いていたが、雨のため15分余り並んだだけで買えた。その雨も私が並んでいた間に止んだので、私の後は長い列ができていた。日が暮れるのが早いので、もう真っ暗だったが、どこからかセザンヌにピッタリ(?)の音楽が流れてくる。入口近くで気づいたが、だれかがオーボエを演奏していた。待ち人たちは、皆喜んで、前に置かれたクッキーの箱にお金を投げ入れていた。

入口で厳しい手荷物チェック。当日券は55フランで、入場券代わりにセザンヌのカードをくれる。オシャレ! さあ、気合いを入れてセザンヌに挑戦だ。油絵109点、水彩42点、デッサン26点、計177点。21時30分に会場を出るまで、約3時間、セザンヌの世界に陶酔。切なくなってくるほど素晴らしい。セザンヌの青緑色の世界。バルザックの『知られざる傑作』を読んだ若きセザンヌが、どこまでも「絶対の探求」を続ける画家の姿に涙しつつ、「これは私だ」と叫んだという。セザンヌの生き様が見えてくるようだ。サント・ヴィクトワール山のシリーズは、完全にデジャ・ヴュでなつかしく感じる、実際の山は見たことがないのに。

かって、パリで、北斎展があった時に、本物の富士山を見たことのないフランス人も「オオ、フジヤマ!」と叫んでいたのを思い出した。北斎の「富士」、セザンヌの「サント・ヴィクトワール」。いずれも、最初で最後といわれた大展覧会で観ることができた喜び!! 東海道の富士と同じように、南仏のサント・ヴィクトワールも姿形を変えている。行ってみたいなあ、そして、ぐるりと麓を一回りしてみたい、じっと座って日の出から日没まで眺めていたい。

11月16日　ボージョレー・ヌーヴォーと『気まぐれ』

昨夜はセザンヌの青緑ワールド！　今朝まで余韻を残しながら目覚めると、今日は11月の第3木曜日で、朝からラジオが"Beaujolais nouveaux sont arrivés!"《ボージョレー・ヌーヴォー・ソン・タリヴェ》（ボージョレー・ヌーヴォー到着！）を連発、今年のはフルーティーで例年よりずっと良い出来だとか言っている。但し、核実験反対のボイコットにあって、北欧、ドイツ、オランダ、日本向けの出荷が20％前後減っているそうである。ボイコットはナンセンス。以前、フランスが日本からの家電をボイコットしたことがあったが、その時、私は「良いものは良いのだ」と反論したものだった。ボージョレーをボイコットするなら、セザンヌもボイコットするの？　ボージョレーだってフランス文化なのだから。

新聞を買いにでかけると、どのカフェも「ボージョレー到着！」の垂れ幕が下がっている。今日はギッシェ・モンパルナス劇場で『気まぐれ』をもう一度観て、その後、劇団の人たちと夕食を共にすることになっているので、その時はボージョレーだと決めた。

3週間ぶりに観た『気まぐれ』は、マチルドが本物の気紛れをして、良くなかった。可愛いわがままを演じるはずのマチルドが、攻撃的で神経質、可愛くなかった。悪いことは重なるもので、今夜は来年度の「モリエール賞」審査員たちが来ていた！　レストランのランキングをするミシュランやゴー・エ・ミヨの審査員が突然レストランにやってくるのと同じで、演劇関係の最大の賞である「モリエール賞」もプレス関係の審査員が黙って（名乗らず）突然やってくるのだ。もちろん、何も知らない役者たちは、後になって知らされた。今日の出来が悪かったのを一番良く知っているのは役者たち自身だから、相当がっかりしていた。

彼らが顔馴染みのレストランで、ボージョレーをサービスされても（レストラン側のおごりだったが）、美味しい料理が出ても、最初は今一つ盛り上がらなかったが、結局、3時間近くも芝居の話をしているうちに、すっかり元気になってくれた。レストランのギャルソンも「マチネ（夜は仕事だから）で観にいくからね」と応援していた。それにボージョレーも美味しかったのだ。

V　11月17日　新しいブーツ

いよいよ本格的に冬がやってきたようだ。明日の気温は0度まで下がるという。パリの気温は大体北海道の気温と同じだから、寒さは厳しい。冬物をほとんど持ってきていないので、気温が下がるごとにセーター1枚、コート1着と買ってきた。寝具も1点ずつ増えてきた。仮住まいなのだから、必要最小限度のものがあればいい。それに12月12日には一時帰国するので、その時足りない冬物は持ってくればいいと思っているが、昨日は夫が心配して電話で冬物を送らなくてよいのかどうか訊ねてくれた。感謝。夫にはすっかり不自由な暮らしをさせているのに（とは言っても、決して充分に世話をする妻ではなかったけれど）、申し訳なく思う。

今日は冬の必需品ブーツを買った。おしゃれなブーツにするか、実用的なブーツにするかで迷ったが、結局、パリの石畳でも歩きやすい、雪が降っても滑らない、実用防寒ブーツにした。年々、パリの冬は暖かくなってきているというけれど、東京の冬とは比べられないくらい、寒さは厳しい。私はこの寒さが好きである。街行く人たちは、重ね着をするせいか、とてもおしゃれになるし（色のコーディネートは抜群に上手い）、特に、クリスマスを待つこの季節（もう、街のウインドーはクリスマス色になり始めた）からお正月までが良いなあ。あとは春の知らせを告げるイースターを待つ2月頃も良いものだ、学校関係は前期終了で試験期間中になるけれども。何か（それは良いことでなければならないが）を「待つ」という時が、その過程が、幸せなのかもしれない。

T　11月18日　コメディー・フランセーズからのお誘い

今回のパリ滞在中の目的の一つに芝居をできる限りたくさん観ることを挙げているが、ただ観るだけではなく、上演題目の背景、劇場の歴史、役者の演技、演出家の狙い、舞台、衣装、音楽、照明などとチェックしていると、結構大変である。まして、パリはあらゆる国籍の人たちが集まってくる処だから、演出家や役者の名前を記憶しておくだけでも厄介なのだ。スラブ系やアラブ系の名前は一度や二度では頭に入らない。

パリの魅力は何と言っても、やはり「文化」である。フランス人が嫌いという人も、パリを嫌いとは言わない。パリの街並みといった外観も然ることながら、パリで味わえる文化は奥が深い。文化の一つとして演劇を高く評価している国だから、スケールが違う。

先ほど、コメディー・フランセーズから「ラ・フォンテーヌへのお誘い」が届いた。今年は詩人のジャン・ド・ラ・フォンテーヌの没後３００年記念で、様々な行事が企画されている（寓話の記念切手シリーズ、エクスポ等々）が、コメディー・フランセーズでは、12月17日の12時から24時まで、一挙に『ファーブル』（寓話詩）12巻の朗読をするという。

第1部（12時～）は1巻から4巻まで、第2部（16時～）は5巻から8巻まで、第3部（20時～）は9巻から12巻まで。それぞれ、30分ずつのアントラクト（幕間）があり、軽食が取れるようになっているとのこと。さすが、やることが大きいではないか！　残念ながら、この日、私は日本に一時帰国中だから行けないが、こちらにいたら、絶対に挑戦していたと思う、最初で最後だろうから。

こういう行事は国立だからやれるとかいうのではない。現に今日から、ロン・ポワン劇場では、クローデルの『クーフォンテーヌ家の人々』３部作を6時間かけて（14時から20時まで）一挙に上演し始めた。私は、別々に観ることにしているので、第3部は11月30日に予約済み。以前、名演出家のアリアンヌ・ムヌーシュキンが正味5時間の映画「モリエール」を製作して話題になった（名作！）が、映画館が水曜日は学校関係用に朝から上映していたのを覚えている。製作する側も観る側も「怯まない」ところが痛快ではないか。

70　11月19日　ビエーヴルの住民たち

ベルサイユ宮殿近くの小さな町ビエーヴルに、ビュッタン家の人々は住んでいる。ビュッタン家の人々は私の友人（もう21年来の友人で、フランスでは一番古い友人だ）で、その家族構成は、クリスチャンとマリー＝アンジュ。その子供たち3人フレデリック、アクセル、ブノワと猫3匹、犬1匹。今日の夕食に招かれていたのは、舞台俳優のカップルでエルヴェ（コルネイユの作品など、古典劇中心）とクリスチャンヌ（現代劇、今はTF1の連続ドラマに毎日出演中）、マリー＝アンジュの弟で漫画家のジャン＝フィリップ、そして私。

子供たちは先に夕食を済ませていて（フランスでは子供たちは大人の夕食会に同席させてもらえない）、私たちに「お休みなさい」のキスをしてそれぞれ自分の部屋に引き上げていった。それからが大人の時間というわけで、大体21時頃から我々の夕食が始まる。暖炉の薪が暖かそうに燃えているサロンや、オーブンの中で鴨が美味しそうに焼けているキッチンで、各人好みのアペリティフを頂きながら、おしゃべり。今夜は私のことを考えてくれてエルヴェたち役者揃い（?･）だから、芝居の話になる。もう何度も会っているので、話は弾む。私の出版計画に、劇場の歴史や逸話などをふんだんに盛り込んだ「パリの劇場物語」みたいなものを加えたいと打ち明けると、クリスチャンヌが「ある！　ある！　山ほど提供できそうよ」という。芝居の紹介はあっても劇場にまつわるエピソードなどは紹介されていない。役者たちから生で聴く話は面白い。ボルドー・ワインのサン・ジュリアン（'88年物）と楽しい話題で、良い気分になってきたぞ。

S　11月20日　68年世代の子供たち

今、フランスの大学生たちが、何かを起こしつつある。彼らはちょうど68年世代（私もその一人）の子供たちで、もう数年前から、事は起き始めていた。親たちの世代が燃えた激しい68年5月革命と違い、静かにお行儀良く、しかし辛抱強く、国を相手に運動している。大学の学生数定員オーバー（2倍以上受け入れている大学もある）から始まる教室や設備の不足、教員不足、質の低下、卒業後の失業等々の現状を訴え、早急な改善を要求している。新大統領シラクへの期待も崩れ、全国各地で学生たちの静かなデモが起き始め、国民も79％が学生たちの行動を支持しているという。現在のところ、一番大きな動きがみられるのは、北から順に言うと、ルアン、メッツ、トゥールーズの大学で、その他でみられる動きは、アミアン、ナンテール、クレトイユ、オルレアン、ブザンソン、モンペリエ、エクス・アン・プロヴァンスの大学。パリの大学生も明日はデモをするとか話していた。

60年代には21万人しかいなかった学生が、70年代には66万人（この中の一人に私も入る、パリ大学の学生として）、80年代に85万人、90年代に入って117万人、現在の95―96年度では159万人に急増している。これでは、大学側の受け入れ体制が追っ付かないのも不思議はない。ましてや、フランスの大学は国立なのだから、私立のように独断改革はできない。何しろ、お役所仕事になるのだから、延々と時間ばかりかかるというわけだ。フランスの大学は入学後が厳しいので、私のいた70年代でも、1学年経つと、学生数は60～70％に減少していたが、今では2人に1人は落第するとか聞いているが本当だろうか。それも、厳しくなったというより、学生の能力の低下が原因という。

以前はとても難しかったバカロレアが易しくなり、取得しやすくなったのが、事の始まり。エリートのみに許されていた大学に、誰でも行けるようになったということで、大学卒業免許状も余り有り難くなくなったということだろうか？　現在は「BAC＋5」（バカロレアの後、5年の勉強が必要という意味で、学部卒業ではなく、大学院卒業が必要ということ）という表現が流行っている。

S　11月21日　全国からパリに集合した1万人の学生が教育省へデモ行進

今日の午後2時、ソルボンヌ広場に全国から1万人の学生が集まった。サン・ミッシェル大通りからサン・ジェルマン大通りへ、オデオン交差点を経由して、グリュネル通りにある教育省を目指しての大行進だ。我が家（5階）の下のほうが騒がしいので、降りてみようかと思ったがやめた。この辺りはデモの通り道で、以前、すぐ近くのサン・シュルピス通りに住んでいた時は、窓から身を乗り出して写真をとったものだった。一番よく覚えているのはミッテラン新大統領の誕生の日で、皆、赤いバラをもって、楽しそうに歌いながら行進していた。1981年5月のある日の出来事。

今日の学生デモは、「大学に予算を！」「もっと教員を！」といった叫びが多かったのだけれども、「ル・モンド」の1面に載った風刺漫画が最高。2人の学生がプラカードを持って立っているが、1人は、1968年の学生で「教授たちを殺せ！」、もう1人は、1995年の学生で「教授たちをもっとよこせ！」のプラカードを持っているのだ。思わず噴き出してしまった。時代は変わった！　私はノンポリだったけれど、68年の大学教員は身体を張って学生と団体交渉をしていたなあ。それにあの頃は過激だった。

夕方、オデオンのキオスクまで新聞を買いに行ったら、ちょうどデモを終えて帰路につく学生たちと一緒になった。大通りを道いっぱいに歩いているから、交通は相変わらず大渋滞だったけれど、危険もなく、わりにお行儀の良い行進だったと思う。大学生になったばかりのサリバ家の兄弟ラファエルとフレデリックも、あの群集の中にいたのだろうか。学生たちに交じって、TF1のカメラマンが背中にリュックサック、右手にハンドカメラで目立たないように「仕事」をしていた。お疲れさま！

S 11月22日　トップニュースにならなかった4回目の核実験

昨夜、22時30分、フランスは第4回目の核実験をしたらしい。「らしい」というのは、昨日は1日中、新聞もラジオ・テレビも1万人の学生デモがトップニュースだったし、今朝も、各社の新聞トップニュースは「ボスニアに平和のチャンス」、「苦い平和」など、いずれも「ボスニア」、「平和」がトップ。4回目の核実験については、学生デモ、その他の後に載っていた。誰も静かにゆっくりと平和が侵されているのに気が付かないのだろうか。目先の「平和」のために「戦っている」間に、永遠の平和は脅かされているというのに。無性に寂しかった。「ル・モンド」の34面（！）に、とても良いコラムが出ていたのが、唯一の救い。ピエール・ジョルジュという人の「気づかれずに」という記事。メディアが「ニュースの大演奏会」をしている間に、そっと話題にもならずに、4回目の核実験が行われてしまった。核実験の敵はメディアなのか？　メディアは移り気で、軽率で、いつも先端のニュースを狙っている。最初の核実験は重大事、2度目は問題、3度目は惰性、4度目は倦怠というカテゴリーに入ってしまった。こうして、おしまいには「気づかれずに」実行されるのでは？　というピエール・ジョルジュさん。頷いている私。

T　11月23日　ジャン・ジュネ『女中たち』（1947年作）

ジャン・ジュネ（1910―1986）の作品には犯罪か男色のいずれかが出てくるので、先入観からほとんど読んでいないし、ましてや、彼の戯曲は見に行ったこともなかった。ただ、この夏、友人から日本にクロード・ランツマンの「ショア」を紹介し、この9時間もの映画を「ぜひ若者たちにも」と運動した人がジャン・ジュネの研究者だと聞き、不思議に思った時、「そうだ、若い頃、刑務所暮らしを経験したジュネの不正に対する激しい告発に共感した人ならば、『ショア』に繋がるかもしれない」と自分で勝手に納得したことがあった。そのジュネの戯曲がコメディー・フランセーズの上演目録に入ったのは1985年12月14日、作品はクリスチーヌ・フェルセン（今秋、『リュクレス・ボルジア』を演じた女優）の主演で『バルコニー』。現在までに51回上演されただけだそうである。だから、今回、ヴュー・コロンビエ座で上演中の『女中たち』は、第2作品ということになる。まだ、始まったばかりだったので、批評も出ていないし、テキストも読まずに、日曜のマチネ（クリスチャンたちの夕食会に行く前）に歩いて出かけた（家から近いこと！）。開演前にコーヒーを飲んでいたら、隣の妙齢の婦人が話しかけてきて、「今日の芝居は絶対にがっかりなどしませんわよ。演出家がすばらしいもの」という。ヴュー・コロンビエの観客は結構うるさい人が多いと聞いていたがなるほどと頷きつつ、10分ばかり、芝居の話をした。ここは一人できても、こうして「仲間」がいる。

結果は、もちろん、演出も良かったが、３人（女中役の2人とマダム役）の女優の演技が際立って素晴らしかった。あんな難しい戯曲をよくこなしたものだとただただ感心してしまった。ブラボーもすごかったが、皆、観客も疲れたと思う。大変な芝居だ。今、ベストスリーに入って話題の映画「ラ・セレモニー」（クロード・シャブロル監督）は、ジュネのこの作品の影響を受けているそうだが、頷ける。

今、『女中たち』について書いている理由は、先ほど、国際大学都市で、「『女中たち』の演出家&役者たちとアンヌ・ユベルスフェルトの出会い」という討論会に出席してきたからである。新聞に載っていたので、急だったけれど、ユベルスフェルト先生に電話をして参加させてもらった。「ちょうど、貴方のことを考えていたところよ」と言われ、恐縮。相変わらず、ピリリと効いた批評をしながらも、演出家と役者たちを賞賛。名演出家も彼女には頭が上がらないのが面白い。

11月24日　逸した詩人ミュッセとの「出会い」

ああ、何と残念なこと！　ソルボンヌ大学主催でミュッセの詩を中心にしたシンポジウムが11月18日に開催されたというのに気づかなかった！「灯台もと暗し」とはこのことだ。演劇関係の研究会やシンポジウムは大抵気をつけていたのに、詩のジャンルに目が行かなかったのだ。

大体、ミュッセは劇作家としてよりも詩人としてのほうが知られている、一般には。ミュッセチストと称する以上、もっと広くフォローしておくべきだった。それにソルボンヌは母校なのだから、もっと足を運ぶべきだったなあ。

悪いことは重なるもので、マッソン先生（偉大なるミュッセチスト）が、今秋、引っ越ししたのがいけない。連絡がついていたら、こんなことにはならなかっただろう。私が今パリにいるのを知らないのだもの。まっ、いいかな、詩の領域だから。でも、やはり、残念だった。

なぜ、今知ったかというと、PUF（フランス大学出版）で、もう、このシンポジウムの報告書が店頭に出ていたから。何と、96年のAgrégation《アグレガション》（大学教授資格試験）では、フランス文学部門は19世紀がミュッセで、20世紀がマルローが課題らしい。そのおかげで、店頭にはミュッセとマルローの新刊本がいっぱいだ。今日だけでミュッセ関係を4冊も買ってしまった。本当に良い時にパリに来られて良かった。

今日は、第2回目のゼネスト（公務員スト＋学生スト）で、何も動いていないし、どこも開いていない。新聞もない。今は、まさにストとデモの季節。諦めるしかない。

C　11月25日　ル・クレジオのこと

現代作家のナンバー・ワン、ジャン＝マリー・ギュスターヴ・ル・クレジオ（1940〜）

の貴重なインタビュー番組（11月23日23時50分からのＴＦ１）を観た。まるで西部劇に出てくるような廃虚をバックに（現在、ル・クレジオが住んでいる米国ニューメキシコ州のアルバカーキとのこと）、日焼けしたル・クレジオがインタビュアーに答える。まるで独り言のように、遠くを見つめながら。大体、作家とか詩人とかいうのは、書くことには「饒舌」でも、話すことには決して「饒舌」ではない。ル・クレジオの場合は、彼の文体と同じで、美しい。話の内容が詩的で美しいのだ。そのまま、原稿になってしまうほど。

今秋に彼の新刊 La Quarantaine《「ラ・キャランテーヌ」》が店頭に並ぶと、あっという間に売上げベストスリーに入ってしまった。彼の安定した人気に驚きながらも、私も1冊購入したが、まだ読んでいない。なにしろ、465ページの大作である。ガリマール社からの第24冊目！　これは、ル・クレジオの祖父の体験をベースにしており、モーリス島から遠くないところにあるプラト島でのLA QUARANTAINE《ラ・キャランテーヌ》（40日間の検疫隔離）を語っている。

彼の著書は出版されるとすぐに邦訳本が出るが、今回もＮさん（自分の友人を誉めるのは面映ゆいが、彼の日本語は格調高く、ル・クレジオの文体を壊すことは決してないので、安心して読める）が翻訳するのだろうか？　膨大な量だけど。インタビューで印象に残ったのは、ル・クレジオがランボーを愛し、パリの街をランボーの跡を追って、散策した（例えば、モベール広場など）ということと、作家にならなかったとしたら、建築家になりたかったと話していたこと。

11月26日　サリバ家のミニバザー

また、ひとつ面白いフランス人の習慣を発見した。すぐにバザーを開くという習慣。今日はサリバ家でミニバザーがあるというので友人を誘って出かけてみた。「招待状」というか「お知らせ」には、手作りの宝石、スカーフ、テーブルクロス、版画などと書かれていて、ブリジットの自宅（サリバ家）で店開きをするという。

狭いアパルトマンなので、大丈夫かしらと心配していたら、案の定、人であふれていた。作品の数より人の数のほうが多かったくらいだ。皆、楽しそうにコーヒーを飲んだりしながら、しゃべっている。一人、ではなく一匹だけ、猫のカラが何事が起きたのか理解できず、腹立たしげに自分の前を通る人を引っ掻いたりしている。ブリジットは心理学者なので、このバザーは友人に場所を提供しているだけであるが、すっかり楽しんでいた。フランス人は、こういうのをよく開く。クリスマス前、イースターの頃、引っ越し時など、売るというより、人を呼んで、ワイワイ騒いでいると言ったほうが正解かもしれない。少ない作品の中から、手染めのスカーフを1枚買った。これだって、私と友人が買ったら、もう品切れ！　本当に作品よりも人のほうが多かったのでは？

郵 便 は が き

料金受取人払郵便

新宿局承認

1409

差出有効期間
2021年6月
30日まで

(切手不要)

1 6 0-8 7 9 1

141

東京都新宿区新宿1－10－1

(株)文芸社

愛読者カード係 行

お名前《ふりがな》			明治 大正 昭和 平成	年生 歳
ご住所《ふりがな》	□□□-□□□□			性別 男・女
お電話 番 号	(書籍ご注文の際に必要です)	ご職業		
E-mail				
ご購読雑誌(複数可)			ご購読新聞 新聞	

最近読んでおもしろかった本や今後、とりあげてほしいテーマをお教えください。

ご自分の研究成果や経験、お考え等を出版してみたいというお気持ちはありますか。

ある　　ない　　内容・テーマ(　　　　　　　　　　　　　　)

現在完成した作品をお持ちですか。

ある　　ない　　ジャンル・原稿量(　　　　　　　　　　　　　　)

書　名			
お買上 書　店	都道　　　　　　市区 府県　　　　　　郡	書店名 ご購入日	書店 年　　月　　日

本書をどこでお知りになりましたか?
1.書店店頭　2.知人にすすめられて　3.インターネット(サイト名　　　　　　　　)
4.DMハガキ　5.広告、記事を見て(新聞、雑誌名　　　　　　　　)

上の質問に関連して、ご購入の決め手となったのは?
1.タイトル　2.著者　3.内容　4.カバーデザイン　5.帯
その他ご自由にお書きください。
(　　　　　　　　　　　　　　　　　　　　)

本書についてのご意見、ご感想をお聞かせください。
①内容について

②カバー、タイトル、帯について

弊社Webサイトからもご意見、ご感想をお寄せいただけます。

力ありがとうございました。
寄せいただいたご意見、ご感想は新聞広告等で匿名にて使わせていただくことがあります。
客様の個人情報は、小社からの連絡のみに使用します。社外に提供することは一切ありません。

書籍のご注文は、お近くの書店または、ブックサービス(0120-29-9625)、
セブンネットショッピング(http://7net.omni7.jp/)にお申し込み下さい。

C

11月27日　ルイ・マル（23日）、レオン・ジトロン（25日）の死去

古いところでは「死刑台のエレベーター」、近年では「さようなら、子供たち」と、名作の数々を残した映画監督ルイ・マルが、11月23日に亡くなった。翌日がゼネストで新聞も休刊だったので、知ったのは25日。早速、ARTE《アルテ》（TV5）では“L'hommage à Louis Malle”《オマージュ・ア・ルイ・マル》が始まり、しばらく、ルイ・マルの映画が観られることになりそうだ。

同じ25日には、往年の名アナウンサー、レオン・ジトロンが81歳の誕生日にこの世から消えた。このロシア生まれ（1914年、ペトログラード〈現在のサンクトペテルブルク〉生まれ）の“Big-Léon”《ビッグ・レオン》と呼ばれたレオン・ジトロンは国民的スターと言って良い人気者で、1948年からテレビのアナウンサーとしてデビュー（当時はまだテレビのパイオニア的存在だったそうである）以来、40年余り（少なくとも、81年まではテレビニュースでいつも見た顔）、ニュースキャスター、インタビュアー、司会者、ジャーナリストなど幅広く、テレビ画面からはみだしそうな巨体で活躍していた。その人気の度合いは「テレビでは、彼の葬儀は大統領並みの扱いで、TF1などは20時のニュース（ゴールデンタイムのニュースで、全体で40分前後が普通）で34分もレオン・ジトロンに捧げた」と「ル・モンド」に載っていた。結果はルイ・マルが少しかすんでしまった。

11月28日　スト、スト、スト!!

フランスのストは半端ではないと話したことがあるが、今回ばかりは少々やりすぎだと思う。先週の金曜日に第2回目のゼネストがあり（実際にはもう前日の木曜日の夜から始まっていた。私は19時にRERを利用したが、1駅乗っただけで降りた。散々、待たされて乗った列車は発車直後にストップ、延々、車内で動けないまま、イライラさせられた）、そのままSNCF（国鉄）は、土、日、月とストを続け、火曜日のRATP（パリ交通公団）のストにドッキングというわけで、今日は全く何も動いていない。国鉄、地下鉄、バスが完全スト（10～30％動いているというが、その気配なし）。私は今晩の「クローデルの朗読会」に欠席せざるを得なかった。

気の毒なのは、モンパルナス駅などパリの主要駅で、5日も列車の出るのを待っている旅人たち。もしかしたら、1本くらいは発車するかもしれないと淡い期待で、重いスーツケースをひきずりながら、右往左往している。皆、ディドロの『運命論者ジャック』になったみたいで、諦め顔はしているが、あまり怒っている表情はしていないのが不思議。それに仕事も職場に出勤できる人は来ているという程度だから、歩いて通える人たちがわりとのんびりリュックなど背負って歩いている。

街中は労働組合のデモ隊（まるでお祭りみたいに明るい表情で悲壮感など見られない）と交

通整理のお巡りさんと徒歩の人々であふれていた。明日も、この延長らしいけど、どうにかならないのかしら?

S　11月29日　サントンと仏像

友人クリスチャンの趣味は、乗馬、ヨット、スキューバダイビング、日曜大工に加えて、古美術蒐集家でもある。以前は、アフリカの原住民のお面に凝っていたが、今は仏像に魅せられている。あの静かで穏やかな表情がたまらないのだそうだ。先日は私に仏像の手の位置について質問されてしまった。「鎌倉の大仏の手はどの位置にあるの?」とクリスチャン(日本に来たこともないのに!)。鎌倉には親戚や恩師も住んでいるし、大好きな街なのでよく出かける処だけれど、一瞬、迷ったあげく、「右手を挙げて、左手は膝の上じゃなかったかしら」と自信なげに私は答えた。「そう?」と言いつつも大辞典で確かめる彼。「それは奈良の大仏だよ。鎌倉の大仏は瞑想(両手を膝の上に置く)のポーズ」と言う。仏像を集めるだけでなく、関連の書物もたくさん持っている(のみならず、読んでいる)のには参った。マリー＝アンジュが「仏像の次は何かしらね」とからかっていた。

クリスマスが近づいてくると、パリの街全体がクリスマスツリーみたいにきらびやかな飾り付けで装いを変える。デパートやブティックのショーウインドーのみならず、教会や各々の家庭にも、クレッシュ（キリスト生誕場面の模型。キリスト教のドールハウスみたいなもの）が飾られるが、私は南仏生まれのサントンが大好きだ。サントンというのは、プロヴァンス地方の粘土製彩色人形で、主にキリスト生誕場面を示す素朴な、しかし、色鮮やかで暖かい感じのする人形たちである。一つ一つの人形がそれぞれ登場人物としての重要な役割を持っている。今年はサントンの切手シリーズも発行された。早速、購入。今年のクリスマスカードはこの切手を使おう。それに、今年はお気に入りのサントンをいくつか集めてみよう。そして、少しずつ人物が増えていくと楽しいだろうな。クリスチャンの仏像蒐集にはかなわないけれど。

11月30日　新発見 徒歩10キロのパリ

先週の金曜日から続いているストは今日で7日目。日に日に酷い状態になりつつある。今日は大学生の第2回目のストが加わる上に、ＥＤＦ＆ＧＤＦ（フランス電力＆ガス会社）もストに参加するというので、私はロウソクまで用意した。

スト中は、なるべく外出を控えていたが、1週間も続けば用事がたまるし、今日はロン・ポワン劇場でクローデルの『侮蔑された父親』"Père Humirié"《ペール・ユミリエ》（『クーフォンテーヌ家の人々』3部作の最後）を予約している。幸い、特別時間帯で平日の木曜日なのに14時30分開演だから、歩いて出かけることにする。スパッツにズック、フード付きブルゾンに手袋という徒歩スタイルで13時30分に家を出る。晴天なり。これだけ完全武装していると冷たい風も心地よい。オデオンの交差点からサン・ジェルマン大通りを西へ向かう。今日はＳＮＣＦ、地下鉄、バスは皆無（地下鉄の入口にはシャッターが下りている）なので、乗り物の利用としては、まず、乗用車（交通渋滞は最高５００キロだというのに！）、自転車（自転車店では料金が一挙に2倍に上がった！）、ローラースケート（意外に利用者は多い）の順だが、面白いのは歩行者の姿百景。たまには、こういうのも悪くないなんて思いながら歩いていると、バック通りの交差点で、ものものしい憲兵隊がびっしりと大通りを塞いでいる。向こうに通り抜けるには身分証明書か理由を言わねばならない。向こうから来るのは蟻《あり》一匹通さない覚悟だ。それもそのはず、14時30分には学生の大デモ隊がここを通るのだ。この辺りは普段は官公庁街だから静かなのだけれども、デモの日は別。戒厳令並みの厳しさ（警察側）があるかと思うと、ホットドッグやトウモロコシを売る人が出てきたりして、パリ祭みたいな気分（デモ側）もなくはない。デモ隊は大声で歌ったり、踊ったりしながら、進んでいくのだ。検問を通り抜け、やがて、セーヌ河畔に出る。アサンブレ・ナショナル（国民議会）の前だ。セーヌに架かる橋で最も美しいといわれるアレクサンダー3世橋を渡り、セーヌ下流に沿ってプチ・パレとグラン・パレ（セザンヌ展開催中）の前を通り、フランクラン大通りを北に向かうとシャンゼリゼのロン・ポワンに出る。ここにロン・ポワン劇場がある。我が家からの所要時間40分なり。

芝居は予定通りに上演された。連日、劇場関係者は悪戦苦闘して通ってきているらしい。今日は観客たちも「どうやって来られましたの？」などと声をかけ合ったりで同志という感じ。

帰りは近くのEHPのスタッフと一緒に、のんびりと凱旋門からシャンゼリゼ大通りのクリスマス照明を楽しみながら、コンコルド広場まで下り、右手にクリスマスツリーのように見事に飾られたエッフェル塔を眺めながらセーヌを渡り、左岸へ。途中で休憩を兼ねて「焼鳥屋」（フランス風に少々アレンジされている）で夕食。エネルギーを補給したところで、また、おしゃべりをしながら歩く。セーブル通りに出ると、ここから、彼女は西へ、私は東へと別れる。お互いに「気をつけて」と声をかけて、それぞれの方向へ。帰宅して、今日の徒歩時間をトータルしてみると2時間ちょっとだったから、10キロ（1分＝80メートル標準）も歩いたことになる！　パリの街は、歩いてみると、また新しい発見があるものだ。

S

12月1日　赤いリボン

「黄色いリボン」というのは知っている人も、「赤いリボン」が何を意味しているのか知る人ぞ知る、である。先週からストで、歩く機会が多くなったせいか、赤いリボンの形をしたバッチを付けた人によく出会う。私も赤いリボンをブルゾンの袖に付けている。私自身、このバッチを買うまでは気づきもしなかった。「赤いリボン」はエイズ撲滅運動を支持する連帯意識の国際シンボルである。ちょうど「赤い羽根」と同じように、この「赤いリボン」を買う（15フラン以上なら、いくらでも良い）と、そのお金はSida Info Service《シダ・アンフォ・セルヴィス》（エイズ・インフォメーシヨン・サービス）に届けられるという仕組み。今日は、国際エイズ撲滅デーに当たり、街角で若者たちが「赤いリボン募金」を呼びかけていた。

　現在、世界でエイズにかかっている人は２０００万人もいるというが、２０００年には倍の４０００万人に増えるだろうといわれている。私がフランスに来た頃（70年代）には、まだＳＩＤＡ（エイズ）という言葉すら存在しなかったのに。

S　12月2日　フランス語の書き取り全国大会

　ストは今日で9日目に突入。来週も続くそうだから、こちらも長期戦で体制を整え直さないといけなくなってきた。せめて、来週でおしまいにしてほしいなあ、再来週の12日は私が一時帰国する日（やっと入手できたロンドン経由のＢ　Ａ《ブリティッシュ・エア》、変更なんてとても無理だもの、この時期）なのだから。さすがに皆ストに飽き飽きしている（というより、うんざり）だろうと思っていたら、何と、今日の「ル・モンド」によると、フランス人の62％はストを支持しているというのだから、全く信じられない。

　フランスでは、ストで欠勤すると、その分、有給休暇を引かれるから、長いほど困っているはずなのに。実際、このストで喜んでいるのは、自転車屋、ガソリンスタンド、ホテルくらいだろう。そんなに、今回のストのスローガン（社会保障制度の改革反対、大学教育環境の充実）は、皆に支持されているのだろうか。いずれにせよ、街には徒歩ルックが増えてきた。私はパリのど真ん中に住んでいるおかげで、どこに行くのも30分から1時間でいけるから、大丈夫だけれど、片道1時間以上歩いている人はざらだそうである。やれやれ。

今日は、「ポール・クローデルとヨーロッパ」というシンポジウムがソルボンヌのルイ・リアール講堂（なつかしい！）であるので、一部参加して、その後、ヴュー・コロンビエ座での「クローデルの作品朗読会」に出た。シンポジウムに参加している人の大部分は大学の長老たちだった（なぜ？）ので、彼らのフランス語は、少々気取ってはいるが、やはり美しい。朗読会のほうは、コメディー・フランセーズの名役者たちが自信をもって朗読するのだから、これまた、ほれぼれしてしまう。夜、家に帰ったら、ＴＦ３で恒例の「フランス語書き取り全国大会決勝戦」をやっていた。ベルサイユ宮殿の会議場で、全国から集まった「フランス語書き取り選手（?）」たちが、ベルナール・ピヴォ（インテリに人気のある名司会者）の陣頭指揮のもと、ゲストたち（私の大好きな『シラノ・ド・ベルジュラック』のジャック・ウェベールやブリジッド・フォセーなど）に交じって大奮闘中。今、フランスは以前の「偉大なるフランス」の面影もないが、ここにフランス文化健在なりと思った。

12月3日　観光船「バトー・ムーシュ」がパリジャンの定期船に！

誰でも1度は「バトー・ムーシュ」でセーヌ河を遊覧したことがあると思う。巨大な遊覧船で、乗っている観光客も橋の上から見下ろしているパリジャンも、お互いに手を振ったりして和やかな光景は、すっかりお馴染み。朝靄のなか、ゆったりとセーヌを泳ぐように気持ち良さそうに進んでいく「バトー・ムーシュ」も悪くないが、夕闇迫る頃、河岸に華麗な光を放ちながらコケティッシュに存在を強調する（河岸にいる人や橋上にいる人はあまりの明るさに思わず足を止める）「バトー・ムーシュ」は圧巻である。手を振りたくなるのも無理はないのだ、私もその一人。

四季を問わず、乗客はいつも満員なのだが、ストのせいで異変、今はガラガラである。寂しいなと思っていたら、今日ニュースで、「ストの期間中、『バトー・ムーシュ』は、パリジャンの足になります」という発表があった。「港」のアルマ・マルソー橋を拠点にパリを東に西に無料で通勤客を乗せて往来するという粋な申し出である！「パリジャンがストで困っている時に金儲けなどできません」という船の代表者のコメントは、久しぶりに聞く嬉しいニュースだった。

12月5日　初雪のパリ

朝から牡丹雪。初雪のパリ。68年の5月革命以来の大デモの日。鼻や耳を真っ赤にしながら急ぎ足の通勤客。スケート（ローラースケート）の人は以前からいたけれども）で格好良く通りすぎていく若者。連日、オートストップ（いわゆるヒッチハイク）で通勤している隣人のアレクサンドラ（ものすごい美人だから、オートストップが成功するのだ）。連日、睡眠時間は数時間という郊外からやってくる小母さん。窓から牡丹雪を眺めている私。今日はまだ0度だけれど、寒い時はマイナス15度くらいまで下がることもあるそうだ。いよいよ真冬の到来か。

12月6日　風邪と思考力

昨日からの急激な寒波にやられたのかな？　完璧に風邪の症状だ。昨日は見事な牡丹雪で、窓から眺めるだけでは満足できずに、外に飛び出して、あちこち歩き回ったのがいけなかったのかな？　ホワイトクリスマスの前哨戦みたいで、ロウソク屋さんでクレッシュになったロウソクや、人形屋さんでサントンを買ったりして、すっかり、クリスマス気分になっていた。来週の火曜日に迫っている私の一時帰国もストのせいで心配すべきなのに、そんなこと、すべて、雪が忘れさせてくれていた。今朝から、喉は痛いし、鼻水は出るし、頭は重い。体調が悪いと、物事の判断が悲観的になるのでよろしくない。

昨夜のジュペ首相のテレビメッセージを聴いていると、このストは続くな（クリスマス前にはやめるとは思うけれど、フランス人にとって一番大切な日だから）という感じがしたし、今日は新聞にも明るいニュースは出ていない。大体、今年は、年頭に神戸の大震災があって、その後にサリン事件、パリに着いたら、連続爆弾テロに続いて、68年以来の大型ゼネスト。嫌だなあ。風邪＝思考力ゼロ、もう寝たほうが良いらしい。

12月7日　風邪薬「フェルヴェックス」

目は覚めているのに起きられない。骨の関節部分が痛い。たった1日2日で、こんなに身体が固くなるものだろうか。もっとも、ストが始まって以来、バレエのレッスンに行っていない（というより行けない）ので、そのせいもあると思うけれど。13時まで寝ていた。ＥＭＳ（送り主から受取人まで直接の速達書留便システム。郵便局がスト中でも、これは空港から直接配達されるので大助かり）の配達で起こされなかったら、もっと寝ていたかもしれない。風邪がひどくなっている。今日は熱もある。家で大人しくしているしかないなと覚悟していたら、アンドレから電話で「風邪で仕事を休んで家にいるんだ。毎日徒歩2時間の通勤がたたったかな。

どうしている?」という。同じくダウンしている私は「こちらも同じ状態だから、よく効く風邪治療法を教えて。但し、お医者さんも注射も駄目よ、大嫌いだから」と訊ねる。「FERVEX《フェルヴェックス》が一番!」、「FER...?」、「F—E—R—V—E—X!」、「ふーん、何だか聞いたこともない名前だけど、薬局に行けばあるのね」、「もちろん、知らない人はいないよ。颯枝向きだぜ」というのが気に入って、新聞を買いに出かけるついでに薬局へ立ち寄った。「薬アレルギーの私みたいな人には、『フェルヴェックス』が風邪に一番良いというけれど、本当?」と念を押してから買った。前にも話したけれど、こちらの店の人は、自分の「お薦め」しか薦めないのを知っているから。昼食兼夕食をして、「フェルヴェックス」を飲む。粉薬だが、お湯に溶かして飲むのだ。甘酸っぱい味がした。20時頃にはもう眠くなってきた。これも薬の効果?

12月8日　スト中のセザンヌ展

昨夜はバタンキューで、今朝10時30分起床。14時間30分も眠っていたことになる。1日の半分以上も眠っていた!　今日はどうしても正午に予約しているセザンヌ展に行きたい(1カ月以上も前に予約入場券を購入して待っていたのだもの。それに、もう開催中の予約はすべて満員だと聞いている)ので、ひたすら、「フェルヴェックス」の効果を期待するのみ。まだ、身体はだるいけれど、大丈夫そうだ。

現在、セザンヌ展は、ストのため、大幅に開場時間を短縮しており（交通マヒで警備員不足）、10時から13時半までしか入れない。ということは「予約入場券」を持っている人ということで、当日、セザンヌを目指してやってきた外国人観光客などは全くチャンスなし。私など、予約日が待ち切れなくて既に11月15日に3時間もセザンヌを堪能しているのだから、予約券を持っているとはいえ、少し申し訳ない気がする。でも、小雪の舞う中、45分も歩いてセザンヌに再会。今回は特にじっくり観たい作品を中心に回った。ものすごい人混みと風邪の熱とで、ボーッとしながら、閉まるまでいた。

シャンゼリゼで一休みをしてから、ＥＨＰのオフィスへ私宛のファックスを取りにいく。頼まれていたゴボウ（日本から来た人が広瀬さんにパリでは貴重なゴボウを持ってきたのだけれど、ストで移動できないので、ホテルのすぐ近くに住んでいる私が預かったといういわく付きで、何と2～3キロはある！）も、無事に届けた。セザンヌ展の入口の荷物チェックで、何かと訊かれたけれど、うまくごまかした。だって、ゴボウなど食べないフランス人に説明したってはじまらないもの。オフィスで温かい紅茶をご馳走になった後、スタッフと一緒に帰る。徒歩1時間余り。くたびれた!!

12月9日　一足お先に年末大掃除

今日はもう外に出かけたくない。明後日の夜にはロワシー近くのホテルにチェックインするつもりなので（ストだからといって、翌朝のＢＡに乗り遅れるわけにはいかない）、一足お先に年末大掃除をする。日本でクリスマスもお正月も迎えるので、ここには少しだけクリスマスらしい装いをしておこう。買ったばかりの８人と３匹のサントン人形も、東京の家に飾ることにする。大掃除をしているうちに、風邪も掃除して追い払ってしまったようで、元気になってきた。感謝。

12月10日　クリスマス前奏曲

昨日のうちにアパルトマンの大掃除を済ませたら、すっかり気分が軽くなって、風邪もすっきり。帰国目前で、もう後がないので、おみやげを買いに街に出る。幸い、我が家はサン・ジェルマン・デ・プレ界隈だから、ショッピングには最適。たとえ、大スト中で交通が遮断されていようとも、クリスマス前奏曲は既に始まっている。デパートで買い物を済ませるという手もあるけれども、それでは味がない。やはり、手間暇かけて専門のブティックをあちこち覗きながら、各人の顔を思い浮かべながら、選ぶのが楽しい。今回は旅の荷造りもほとんどできている状態で買い物に出かけたので、ゆっくりとクリスマス気分で良いものが選べた。こちらのラッピングは本当におしゃれだ。でもラッピングのチャンピオンは現代美術家のクリスト。何て言ったって、ポン・ヌフをまるごと包んでしまったのだから。あれは85年だったと思う。

12月11日　一時帰国態勢に入る

気忙《きぜわ》しく最終準備を終えて、「22時」（スト中は22時から5時までしかタクシーを予約できない）、「信用できる」タクシーで、ロワシー空港近くのホテルにチェックイン「予定」。明日の「午前10時45分発」ＢＡ３０５便に乗る「予定」。明日は、もっとひどいストだとか聞いたが、大丈夫だろうか？

12月12日〜１９９６年１月３日　一時帰国期間

日本での年末年始は、「師走」！

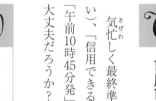

1996年

Ⅴ

1月4日　謹賀新年

昨夕、18時5分、予定通りにロワシー空港に到着。私には、40日ぶりに見る「平常のパリ風景」だ。バスが、電車が、地下鉄が走っている！　何だか珍しいものでも見るように、タクシーの窓から外の風景を眺める。実際には11月24日から始まったゼネストは、クリスマス前の20日頃には「終わった」らしい。いずれにせよ、4週間近くも、前代未聞のストが続いたわけである。美人女性のタクシードライバー（助手席にはレアという名のボクサー犬）に当たり、安心して道中のおしゃべりが始まった。

まず、私の「3泊4日の帰国」（11日パリ泊、12日ロンドン泊、13日機内泊、計3泊という大がかり帰国。平常なら直行便で12時間のフライトなのに。全てストのせいである）という体験を話してから、ドライバーにその後のことを尋ねた。一応、ストは終わったが、休み明けの1月6日から、またストに入るという声があるそうな。決してストは解決して終わったわけではなく、「クリスマス休戦」に近いというのである。絶句。

今日は荷解きしながら、新年になって届いたらしいクリスマスカードの数々に目を通す。

1月5日　パリふたたび

時差のせいで、夜型の私が朝型になっている。早朝に目が覚めてしまい、なぜか、ベルコールの『海の沈黙』を読む。外が明るくなったころには読み終えていた。簡単に身仕度をして、いつものパン屋さんでバゲット、いつものキオスクで「ル・モンド」を買い、しばらく留守にしたわけを話し、「ボナネ（おめでとう）」を言い、帰宅。ゆったりとラジオを聴きながら、朝食を取り、心身ともにパリの暮らしに戻してゆく。ラジオが日本では村山首相の引退を告げていた。次は橋本？　いずれにしても、政権交代の早い日本の政治家は名前を覚えてもらう暇もないくらいだ。

今日は、日本からのおみやげ（和食）を、ＥＨＰを始め、あちこちに配付。日本の近況報告付き！　そして、ストのために行けなかった芝居のチケット（クローデルの『交換』とミュッセの『ロレンザッチョ』）を交換してもらうため、各劇場窓口へ。

Ⅵ

1月6日　煙と消防車とコッシャン病院

何ということだ！　夜23時過ぎ、もうパジャマに着替えて「ル・ポワン」を読みながらウトウトしていた私は、外の騒々しさと妙な匂いに目が覚めた。階下でドアを乱暴にドンドン叩く音がするので、誰か酔っ払いが入ってきたのかしらと、気味の悪さと不安とでいっぱいになりながら、部屋を見回しているうちに煙があっという間に入ってきた。ドアを開けるや否やパアっと煙が階下から入ってきた。人の気配に「一体、何が起きたの!?」と叫ぶと、「火事だ！」「今、そこに行くから落ち着いて待ってて！」という声。考える暇もなく、パジャマの上にカーディガンをひっかけ、ポシェット（身分証明書、住所録、現金など、最小限度の必要なものが入っている）をとり、暖房器具を消し、煙でむせ返りながらもドアの鍵までかけていた。消防署員2人に助けられながら、最上階の窓から身を乗り出し、深呼吸。視界に入ったのは、路上の消防車、救急車、人、人、人。煙がそこまで来ていたので、私は梯子車で窓から下りるのかと思ったけれど、まだ階段が大丈夫だから、このまま壁に伝って下りるという。私は5階にいるのだから、ゾーッとしたけれど、頼もしい消防署員2人に両脇を支えられながら、下りた！

隣人のアレクサンドラのことや他の隣人のことを尋ねると、全階チェック済みで、アレクサンドラは留守、他の人は既に脱出とのこと。3階のスイス人女性、4階のイタリア人女性も薄着のまま、連れ出され、消防車内へ。私は煙をかなり吸っていたので、酸素ボンベで呼吸。救急車でコッシャン病院へ運ばれてしまった。アパルトマンのほうが心配で、大家さんが来るまで動きたくないと言ったのだけれど、救急病院に連れていかれた。酸素ボンベで呼吸しながら、一般診察、血圧測定（190もあった！　いつもは140くらいなのに）、血液検査（血液内に煙が入っているか否かのチェックだそうだが、手首と腕と2本も注射をされた！）、レントゲン検査（肺に煙が入っているか否かのチェック）。検査結果が出るまでは帰れない！

検査結果を待つ間、ベッドに横たわったまま、鼻にチューブを入れられ、呼吸器官の清掃？救急病院というのは、本当に色々な症状の人がやってくる。お医者さんたちにとっては日常茶飯事かもしれないけれども、私には、やはり、人生のドラマを見る感じだった。落ち着いたところで、大家さんに電話（よく、住所録を持って出てきたこと！）。午前1時。すぐに火事場に駆けつけ、事後処理をしてくれるとのこと。一安心。一眠り。午前3時、帰宅。水浸しの階段を上りながら、感無量。お医者さんにもらった薬を飲んで就寝。

S　1月7日　エピファニー

昨夜というより今朝まで続いた火事騒動は、夜が明けてから実感があった。怖かった、本当に。薬の力で眠っただけなので、まだボーッとしているけれど、今日は新年最初の日曜日で、エピファニー（御公現の祝日）だから、久々にリュクサンブール教会の礼拝に出席。サムエル・サアジャン牧師の説教は素晴らしかった。天地創造の第1日目から第7日目の安息日までの意義が、分かり易く、しかも、格調高く、語られた。教会は2階までギッシリいっぱいで、聖餐式は2回に分けて行われたほど。大きな輪になって、"Le Seigneur est avec toi!"《ル・セニョール・エ・アヴェク・トワ》（神はあなたと共に！）と言いながら、右から左へ、あるいは、左から右へ、一人ずつ、パンと葡萄酒を手渡してゆく。平安。外に出ると、青空。リュクサンブール公園を散歩。午後は、パリ東部のヴァンセンヌの森に出かけ、城の前に巨大なテントを張って作った仮の階段劇場でミュッセの『ロレンザッチョ』を観た。昨年12月から上演していたけれども、ストのせいで観に行けなかったが、2週間の延長が決まったので、やっと観ることができた。そういえば、「セザンヌ展」も、同じく2週間の延長公開が決まり、グラン・パレ創設以来初めてという23時までの夜間公開とか。

　ジャン・ダネ演出の『ロレンザッチョ』は、開幕から宿命的なものを感じさせるオリジナル音楽（グレコ・カザドュシュ）と巨大スクリーンを利用した舞台装置（ルネ・ブルトン）は、とても良かった分だけ、役者たちの演技力不足が目立った。台詞がはっきり聴き取れないし、演技そのものが弱すぎて、複雑で重厚なこの傑作を平凡な作品にしてしまった。残念。役者たちは観客の眼が肥えていることを忘れてはいけないだろう。

S

1月8日　フランソワ・ミッテランの死

パリに戻ってきてから5日目にしてはじめて、ゆったりとした朝を迎え、まず、コーヒーを用意し、ラジオをつける。いきなり、「ミッテラン死す」のニュース。朝食を取るのも忘れて、ニュースに聞き入る。「前仏大統領フランソワ・ミッテランは、今朝1月8日8時30分、7区の自宅で79歳にて亡くなりました。原因は以前から患っていた前立腺の癌で、この数日間、特に疲労が目立っていた様子です。午前10時過ぎにはシラク大統領が自宅を訪ね、エリゼ宮に戻るや否や、報道関係者用に予定されていた新年の挨拶を取り消し、前大統領の死を告げたところであります」。夕方発行の「ル・モンド」を待ちつつ、13時のテレビ・ニュースに見入る。すでに、ミッテランの自宅前には、赤いバラのブーケがいくつか置かれていた。あの81年5月の赤いバラを思い出した。午後4時、「ル・モンド」の1面に"François Mitterrand est mort《フランソワ・ミテラン・エ・モール》"（フランソワ・ミテラン死す）の大見出しと共に、ミッテランの写真（93年3月、エリゼ宮にて）が中央に大きくドーンと載っている！「ル・モンド」は決して写真を載せない新聞なのに。少なくとも私は初めて写真入りの「ル・モンド」を見た。「トントン」が死んだ。

今日は、一日中、ラジオとテレビに釘付け、何もしなかった。15年前の5月、我が家の前（サン・シュルピス通り24番地）を、老いも若きも、赤いバラを手に、陽気に大声で歌いながら、パンテオンに向かうのを見た。どの顔も「やっと新しい時代が来た！」と輝いていた。私はまだソルボンヌの博士課程の学生だった。

S 1月9日 「ありがとう、トントン。さようなら、トントン」

今朝の新聞は、右翼系、左翼系の関係なく、高級紙、大衆紙の関係なく、どの新聞も「ミッテランの死」に大半のページを割いていた。「リベラシオン」32ページ、「ル・パリジャン」28ページ、「ル・フィガロ」26ページ、「フランス・ソワール」18ページ、「ユーマニテ」12ページ、「ル・モンド」12ページなど。そして、例外なくどの新聞も、1面はミッテランの巨大な顔写真で飾られていた。いつものキオスクで、これらの新聞を買い漁り、全部にザーッと目を通しただけで、手が真っ黒になっていた。

小雨が降っていたけれど、私はミッテランの自宅まで出かけることにした。大統領になる前から30年近く住んでいたという5区のビエーヴル通り、晩年の7区のアヴニュ・フレデリック・ル・プレも、我が家からは近い。11日の葬儀までは7区の自宅に眠っているとのことなので、「セザンヌ」という花屋さんで「一番きれいな赤いバラを下さい」と言って、ブーケにしてもらい、自宅前の行列（あらゆる年代の人々が集まっているのには驚いた。81年か88年を知っている人たちが来るのだろうと思っていたから）に加わる。1時間は待つことになると言われ、覚悟していたのだけれど、列の前にいた若者たちとしゃべったり、隣の小父さん、後ろの小母さん（オバアサン？）たちの話を聞いたりしているうちに、すぐに番が来た。玄関にバラを添え、記帳所で一言"Mercie Tonton《メルシー・トントン》, Au revoir Tonton《オウ・ルヴォアール・トントン》"と残してきた。「（私のパリ時代を）ありがとう、トントン。（お疲れ様でした、安らかに）さようなら、トントン」。

S　1月10日　プロテスタントのプルースト氏

今日も雨。ドルドーニュ地方（フランス南西部）のCahors《カオール》（私の大好きなボルドー・ワイン「カオール」の産地だ）は、何十年ぶりの大洪水に襲われた。普段はやさしく水もあまりなくチョロチョロと頼りなく流れていた小川が、雨で一瞬にして大河となり、この小さな町を襲ったのだ。新聞もテレビも「ミッテランの生涯」、「ド・ゴールとミッテラン」、「ミッテラン時代の残したもの」等々、ミッテラン一色の陰で、様々の事件が起きている。今日は20時から恩師のマッソン先生の自宅に招待されているので、その前に、バスチーユ広場に立ち寄ってみる。18時から21時まで、81年5月にミッテランの勝利を祝ったこの場所に、"Hommage à Mitterrand《オマージュ・ア・ミテラン》"で、皆（名を秘して）、家族も政治家も近所の人も同じ立場で、集まろうという呼びかけを、社会党の党首、ジョスパンがしたのだ。一切、儀式めいたものはせず、バスチーユ広場では大きなミッテランの写真と彼の好きだったクラシック音楽を流すだけで、最後にオペラ歌手のバーバラ・ヘンドリックスが"Temps des cerises《タン・デ・スリーズ》"（サクランボのなる頃）を歌うそうである。私が出かけたのは17時前後で、まだ照明や写真の準備中だったけれど、もう広場にはかなりの人が集まっていた。中央には、ミッテランが手を挙げている（さようならを言っているみたいな）写真が用意されていた。

バスチーユからモンパルナスに出て、マッソン先生の家に向かう。既に、先生の30年来の友人というプルースト夫妻（マルセル・プルーストとは全く関係ないが、ディドロの研究者として世界的に有名なジャック・プルースト氏とその妻マリアンヌ）が、モンペリエから訪ねていらしていた。相変わらず、エネルギッシュなマダム・マッソンが、テキパキと皆をもてなしてくれる。ミュッセ研究者のベルナール・マッソンとディドロ研究家のジャック・プルーストと私の接点は、日本。来日回数でいうと、マッソン氏は1回だけだが、プルースト氏は4回も来ている。2人共、学会の公式招待か、客員教授での来日だから、滞在期間も充分で、日本通。特に、プルースト氏の「能」への傾倒は大変なものらしい。「心が清められる感じがする」のだそうである。そのプルースト氏が、フランスでは数少ないプロテスタント信者（それも筋金入り）と聞いてびっくり。そして、今、私が通っているリュクサンブール教会の教会員（以前、パリに住んでいたので、そのまま、席を置いているとのこと）だと聞いて2度びっくり。7日の日曜日にも出席していたと聞いて3度びっくり。だって、めったに行かない私が出席していた日だったから。急に嬉しそうな顔をする私をみて、マッソン夫妻もニコニコ、プルースト夫妻もにこにこ。午前2時近くまで、話に花が咲いた素敵な晩餐会だった。

S　1月11日　手に赤いバラ

ミッテランの遺言通り、国葬ではなく、身近な人たちだけでの葬儀が、故郷の小さな町ジャルナック（シャラント地方）で、午前11時から行われた。小さな町の小さな教会に集まったのは、身内以外は、文化相だったジャック・ラングと俳優のジェラール・ドパルデューくらいしか著名人はいなかったと思う。見知らぬ人たちが、一輪のバラを携えて、全国から集まっていた。マスコミもシャットアウトされた教会での葬儀の様子は、拡声器を通して、雨の中、外で待つあふれんばかりの人々に伝えられていた。式を終えて出てきたミッテランの棺は、皆に見守られながら、ゆっくりと町を一回りして、墓地へと入っていった。一人の人間として土に還ったミッテラン。その何の変哲もない墓に、後から後から絶えることなく続く真っ赤なバラの花束の山。モノクロの風景に一点だけ、鮮やかなバラの真紅。最初から最後まで、テレビ中継を見守った。

同時刻、パリのノートル・ダム寺院では、シラク大統領が世界各国の首脳を迎えて、特別ミサ"Hommage à Mitterrand《オマージュ・ア・ミテラン》"が行われていた。涙を滲ませているコール、眉間にしわをよせて見守るハベル、退屈そうなメジャー、元気いっぱいのエリツィンなどを前列に、65カ国の国家元首と１７１カ国の代表が出席していたそうである。フランスはカトリックの国だから、このミサは国民に抵抗なく受け入れられたようで、最後の聖餐式は、寺院の外に集まっていた人々も希望者は皆、与ることができたようだった。雨。

1月12日　『ノアンの夏』

昨年9月、ランスで、国際シンポジウム開催中に出会った人々の一人に、「息子が演出家なのですよ。ぜひ、息子の芝居を観てやってください」と言って連絡先をくれた紳士がいた。パリに戻ってからすぐに、その息子ダニエルから電話があり、「ジョルジュ・サンドとフレデリック・ショパンの一夏を描いた『ノアンの夏』に招待したいのだけれど、1カ月のパリ公演を終えたばかりで、再演は来年になりそうです。でも、父からも話を聞いていますし、ぜひ、観て頂きたいので、公演が近づいたら、連絡します」とのこと。「喜んで」とは言ったものの、もう、数カ月になるので、すっかり忘れていたら、先日、再度、電話があり、「やっと、招待できます。1月12日、パリ郊外になりますが、帰りは車で送りますから、アゴラ劇場までいらしてください。終了後のパーティーの時に、役者たちを紹介します」という丁寧な招待に感激し、早速、出かけた。

最初に、ハラルド・ミュラー作、クリスチャン・シアレッティ演出“Rosel《「ロゼル」》”という一人芝居をアガト・アレキシスという女優の名演技（圧巻としか言いようがない）で観て、手が痛くなるほど拍手をした後、ロルフ・シュネデール作、ダニエル・クリング演出“Eté à Nohan《「ノアンの夏」》”が始まった。フェミニズムのはしりみたいなサンドを先ほどのアレキシスが、気も身体も弱いショパンをジャン・ピエール・ジュルダンが演じ、そして、背景でショパンの名曲の数々を演奏するのは若いピアニスト、ヴァンサン・ルテルム。これは、二人がノアンで共に過ごした夏の出来事を、愛し合っている時もいさかいをしている時も、すべて、二人の対話のみで表現するのだけれども、勝負は圧倒的にサンド演じるアレキシスにあり。私の大好きなショパンもかすんでしまった。今日の発見は、実力は女優アガト・アレキシスだ。もちろん、これを演出したダニエル・クリングのおかげだけれども。パーティーの時に紹介されたので、「ブラボー」を二人に送った。ショパン役のジュルダンは、今、ランス市に「狂言」（野村万蔵一家主演）を招いているコメディー・ド・ランスの責任者と聞いてびっくり。大いに激励しておいた、お礼とともに。パリにいるだけで、こういう出会いがあるから、たまらない！

1月13日　クローデル『交換』

昨年の大ストが影響して、あの時行けなかった劇場へも行かねばならぬ。というわけで、既に2カ月も前から話題になっていたコメディー・フランセーズの『交換』は、今月のチケットに「交換」してもらって、やっと観てきた。いきなり、ルイ・レーンが全裸で登場し、ドキッとしてしまったが、20歳の若いアメリカ人青年ルイとフランスから連れてきた清純な妻マルトの愛の物語は、もう一組の夫婦トマとレチーによって揺さぶられる。これは、お金の物語でもある。若くはないが金持ちの夫婦が、金はないが若い夫婦に、「交換」を申し出る。ルイを挟んで、対照的な女性2人マルトとレチーの演技が見事だったけれども、期待しすぎていたせいか、特別というほどでもなかった。

S　1月14日　3度目の偶然

「君の名は」（ちょっと例えにしては古すぎるかな?）に代表されるようなメロドラマには、すれ違いのシーン（会おうとしても、なんらかの邪魔が入ったりして、なかなか会えない、もどかしいシーン）が多いものだが、現実には、今回のように、不思議な偶然の出会いが重なったりして面白い。ロゼット・ラモン（ニューヨーク・シティ大学の教授）に初めて出会ったのは、昨秋の国際シンポジウムで、彼女の「アウシュヴィッツとその後 意識の文学」という講演を聴いた後。シャルロット・デルボの戯曲を「強制収容所で生き延びるための一手段としての演劇活動」として紹介していたのが、強烈に印象に残っていた。実は、一昨日、『ノアンの夏』を観た後のパーティーで、偶然の再会をした。最初、出演者たちと話している彼女を見た時、どこかで会った人だけど、誰だったかなと首をかしげていたら、彼女のほうが私に気づき、近づいてきた。「去年、ランスの国際シンポジウムに参加していたでしょ?」と言われ、あのロゼット・ラモン教授だとわかったのだが、ニューヨークにいるはずの人がなぜここにいるの？　という疑問と、参加者は日本人は私だけだったから（というより東洋人は私だけだったから）覚えられるほど目立っていたんだなという思いが残った。疑問はすぐに解決。アメリカ人と結婚してニューヨークに住んでいる彼女はフランス人だということ。時間の許す限り（芝居の季節は特に）、帰国しているということなのだ。一昨日は再会を喜び、おしゃべりをしながら、ダニエルの車でパリまで一緒に帰った、「お元気で」と言いながら。ところが、今日、また、ヴュー・コロンビエ座で会ったのだ！

3度目の偶然はもはや偶然ではないと、思わず、抱き合って頰にキスをする。ご主人も同伴で、今日はマリヴォーの『二重の不実』を観に来たという。彼女も私も「外国」から芝居を観るためパリに来ているのだから、劇場で会うのは不思議ではないにせよ、それにしても、こんなことはめったにないだろう。今回は、双方、自国とパリの住所交換をして、偶然ではなくても会えるようにした。素敵な偶然だった。

V　1月15日　コッシャン病院からの請求書

コッシャン病院から私宛に請求書が届いた。1週間前の火事騒動の際、酸素ボンベをつけたまま救急車で運ばれた時のものだ。フランスの医療システムは以前からとても複雑で、医療費

（診察料、薬代ともに）はまず患者が払い、その領収書を付けて払い戻しの用紙（これがまたやっかいな代物）に必要事項を記入し、Sécurité Sociale（社会保障）事務局に送る。忘れた頃に払い戻しがあるそうだ。私の場合、大家が払い戻しの手続きをしてくれるそうなので、とりあえず、病院宛に小切手で支払いを済ませた。計１１３１フラン92サンチーム（約２万２０００円）！　なんという高額！　これでは払えない人もいっぱい出てくるだろうに。参考までに明細を述べると、

ＣＭ診察料（Consultation）　１１０・00
ＵＲＮ救急料（Urgence）　１６５・00
Ｚレントゲン料（Actes de radiologie）　１４８・92
ＵＲＮ救急料（Urgence）　１６５・00
Ｋ血液検査料（Actes de chirurgie）　３７８・00
ＵＲＮ救急料（Urgence）　１６５・00
計１１３１フラン92サンチーム

ということになっている。ウーム、わからぬ？

V　1月16日　MADADAYO

“MADADAYO”というのは、今、上映中の黒澤明監督の映画タイトルである。かくれんぼの「まあーだだよー」から取ったものというのは、日本人ならわかるが、フランス人には、まるで何のことやらわからぬのは当然だろう。それに、映画館でチケットを買う時、皆（私を除いて）、“Un billet de Madada?《アン・ビエ・ド・マダダ？》, un billet de ce film《アン・ビエ・ド・ス・フィルム》”（「マダダ？　1枚、つまり、この映画のチケット1枚」）なんて感じで、ちゃんと映画のタイトルが言えないのだ。私はマッソン夫妻と観に行ったのだけれど、思わず窓口で笑ってしまった。フランスにはずばり、“Pas encore”（まだだよ）というフランス語があるではないか。以前、私も小津の映画を翻訳したことがあるから、よくわかるのだけれども、内容がすぐにわかるようなタイトルを付けるか、あるいは、内容はわからないが印象的なタイトルにするかは判断が難しいところ。

J　1月20日　馬子にも衣装のフェードル&歯磨きをするパジャマ姿のジュリエット

２日続けて芝居を観たが、いずれも名作を名劇場で上演したにもかかわらず、失望。前者はラシーヌ『フェードル』をコメディー・フランセーズで。情念の世界を描かせたら天下一品のラシーヌ、その代表的古典劇『フェードル』。義理の息子イポリットに愛の告白をしたが拒絶されたフェードルは、嫉妬心から、「義母に不義の愛を迫った」という反対の告げ口が夫テゼの耳に届いても、口を閉ざす。告げ口を信じた夫は息子を追放。イポリットを愛するアリシーから真相を聞かされたテゼだが、既にイポリットは死に、フェードルは一部始終を告白して毒を飲む。主役が二人とも名台詞を残して死んでしまうラシーヌ悲劇の名作も、ストーリーをよく知っている観客（「忠臣蔵」と同じで、観る側は今回は誰がどんなに演じるかを観に来ているわけで、期待度は大きい）には、待ちわびている名場面、名台詞が、期待に応えるものでないと怒ってしまう。客席から舞台に投げられた批判の声（それも大声）は役者たちには堪えただろう。天下のコメディー・フランセーズだもの。自意識過剰なだけで、叫ぶだけで、客席には感動の伝わってこない白けた芝居。世界的に名高いデザイナー、クリスチャン・ラクロワの豪華な舞台衣装だけが、期待に応えたという次第。

後者のほうは、シェークスピア『ロメオとジュリエット』をロン・ポワン劇場で。これもストーリーは言うまでもない。ドイツ人演出家のハンス・ペーター・クロスが、廃虚のような工場跡（?）を舞台に、革製の上下に身を包んだ若者たちがドタバタと登場するという感じで、名画「ウエスト・サイド・ストーリー」を真似た凡作。完璧にミスキャストは、ターザンみたいな動きばかりをするロメオ（それにいつも背中を丸くして姿勢が悪い）、ジュリエットの両親。良かったのは、ジュリエット（映画「野性の夜」で、エイズにかかった青年の恋人役で評判の高かったロマーヌ・ボーランジェが熱演）とその乳母ブリジット・カティヨン。だが、恋人同士が愛を語る例のバルコニーでのシーンでは、廃虚（あるいは工事現場の足場みたいなところ）で、ジュリエットがパジャマ姿で歯磨きをし、うがいの後の水を下に吐き捨てるのにはショックを受けた。ロメオは器械体操の選手のごとく、「現場」を渡り歩きながら、愛を告白する！　それに上演時間4時間という長さには、ほとほとくたびれた。

1月21日　ビエーヴルでの週末

週末の土日をビエーヴルのビュッタン家で過ごすように、クリスチャンから電話があり、昨日はマチネの芝居を観た後、一旦、自宅に戻り、お気に入りの花屋「クリスチャン・トルチユ」（サン・ジェルマン界隈では有名な花屋で、センスが抜群に良い）で、「冬の暗い天候に負けない明るく楽しいブーケを」とお願いしたら、「何色のトーンで?」と訊かれた。普通、花屋では「どれくらいの予算で?」とか「何の花で?」とか訊かれるのだけれど、ここは、まず全体の色のトーンから決めるのだ。華麗なオレンジ系のチューリップと黄色の小花で可愛いブーケを作ってくれた。計90フラン（1800円くらい）也。花好きには良く知られているこの店は、手間暇かけて客の希望を取り入れ、しかも適切な値段で用意してくれる。案の定、ビュッタン家では、大喜びされた。

この週末の泊まり客は、私の他に、アイルランドからゴールマンという青年（子供たちの友達だ)、乗馬仲間のドニー(家族中で世話になっている)、いつものジャン=フィリップ(マリー=アンジュの弟)。食事は、それに家族5人を加えて計9人の大テーブルになった。ちょっと来ない間にシャム猫が1匹増えて、猫4匹、犬1匹、馬4頭がいる! それぞれに(人間と動物に)挨拶するだけでも大変なのだ。その挨拶を終えたところで、遅ればせのクリスマスのプレゼントだといって、ミュッセの初版本(『スーザン』が入っている1831年のもの)を頂いた。感激。日本に一時帰国していた私などは、クリスマス・プレゼントなんて考えてもいなかったのに。今年で22年目に入った友人たちだ。

1月22日　雨の舗道

冬のパリは暗くて長いし、今日のように雨が降ったりすると、大好きな散歩も億劫になる。昨夕、東京からやってきた大学の同僚は、「初めてのパリ」だというので、雨も言い訳にはならず、カルチエ・ラタンを案内する。サン・ジェルマン・デ・プレ教会から始めて、裏通りのパリらしいところを散歩。オデオンまで来るとダントンの像を目印に教えて、ソルボンヌからパンテオン(新しいところでは、昨年キュリー夫人がここに祭られた。初めて女性のパンテオン入り)へ。サント・ジュヌヴィエーヴの丘(パンテオンの辺りが一番高い位置になる。丘だと知る人は少ないのでは)からムフタール通りを下る。雨になれてくると、舗道の美しさに気がついた。雨に濡れた石畳のパリは悪くない。

すっかり、冷え切ったところで、海の幸専門レストラン"La Criée"《ラ・クリエ》に入る。私は「常連」である。生牡蠣の盛合せ（絶滅寸前のブロン牡蠣も入れて）にアルザスの白ワインで賞味。まさに冬の味覚である。東京からの来客も大満足の様子。

S　1月23日　教会の新来者歓迎夕食会

リュクサンブール教会では、年に1度、新来者歓迎夕食会があり、今日がその日に当たる。1年以上も前から来ている人もいれば、一昨日初めて来た人もいるという。日本の教会だと迎える側になるのだけれども、今日は迎えられる側だから、マルシェの賑やかなお花を抱えて、少し早めに教会へ。準備の人たち（牧師を先頭にテーブルセッティング中だった）の邪魔をしないように、自分でお花を生けて、皆が来るまで待った。あっという間に54名の参加者！ もちろん、教会役員たちもいるから、すべてが新来者ではないけれども、それにしても多い。立食のパーティーは、開会の挨拶もなく始まり（日本では考えられない）、それぞれに、飲みながら（もちろん飲みものはワインがメイン）食べながら（出来たてのカナッペが配られてくるのを待つだけ）、顔が会うと自己紹介しながら、握手、会話という順でしばらくおしゃべりをすると、次のテーブルへ。皆、「パーティー上手」には、感心する。

一通り食べ終わり、しゃべり終わった頃に（ちょうど、1時間余り経っていた）、牧師の合図で、テーブルを片づけ、椅子だけを大きな円形に並べる（大勢だから二重の輪）。一人ずつの挨拶が始まる。これまた日本と違って皆話上手だから、結構しゃべる。一度も中断されることなく（日本なら、一人3分とか制限される。時間を守るため）、全員の挨拶が終わる。23時5分！　食事が始まったのは19時半で、挨拶が始まったのは21時頃だったと思う!!　皆、ユーモラスに話すので退屈どころか楽しかった。最年少は9歳の女の子、最年長は84歳（？）のお爺ちゃまで、若者も結構多かったが、私が注目したのは、カトリック教会からこのプロテスタント教会に来ている人が10人近くいたこと。牧師を「サムエル」と名前（苗字ではなく）で呼ぶ人もかなりいたこと。形式ばらず、とても自由で楽しい「ラテン的」な夕食会。感謝。

S　1月24日　医療費の払い戻し＝日仏比較

先日の火事騒動での医療費を払い戻してもらうのに、はてと考えた。大家は病院からの領収書（つまり、まず私が支払いを済ませることが先決なのだ）を送ってくれれば、彼のほうで保険会社に払い戻しを要求するという。そうは言っても、フランスの社会保障制度の複雑さは十二分に知っているから（第一、昨年暮れの大型ストの原因のひとつは、この社会保障制度なのだ）、解決するまでに数カ月かかることは予想できた。私の帰国後になるかもしれないではないか。

結局、私は自分の海外旅行保険（長期の1年でかけている）を使うことにした。私の側の問題ではないのだけれど、私に起きた事件だからと思い、東京海上のパリ支店に電話をして、直接出かけて書類も書き込むことにした。16時前に着いて手続きをして、何と17時前には小切手で払い戻し完了！　対応も抜群に良かったし、日本の企業システムを見直した。

やっと、ほっとして担当をしてくれたマダム・ブロンと少し談笑をしたのだけれど、彼女いわく「実際の事故や病気よりも、海外生活で精神的に駄目になる方（やはり、自律神経失調症という病名になる）が多くみえますね」と眉をひそめる。職業を訊かれたので私が「在外研究員」だと言うと、彼女は「心理学か、精神分析の研究にみえているのですか?」と尋ねる。期待にはそえないので苦笑しながら、「仏文学」だと済まなさそうに答えるしかない。正直言って、私自身、心理学にはかなり関心があるけれど。

℧ 1月25日　「ゴキブリ繁殖撲滅運動」

「ゴキブリ繁殖撲滅運動」の物々しい張紙が回ってきたのは、10日くらい前のこと。1階のピザハウスから火が出て以来、ゴキブリが1匹2匹とやってきた。既に、下の階の住民から相談を受けていたので、最上階の私たちのところまで来た時点で、大家に連絡、ゴキブリ対策をお願いしたのだけれども、何とも物々しい張紙ではないか。一体、どんなことをやってくれるのかと戦々恐々で待っていたが、大したことはない。白装束の小父さんがボンベ（消火器みたいなもの）で、流しの下や風呂場などの水まわりをシュッシュッと、やっただけ。それにしても、匂いは凄い。窓や玄関を開け放って、お隣のアレクサンドラと階段の踊り場で震えながら、おしゃべりをして、しばらくの間、匂いが消えるのを待った。これで、火事騒動は一件落着。めでたし、めでたし。

V

1月26日　フランス食文化の粋「タイユバン」

フランスに10年以上暮らした経験のある私でも足を踏み入れたことがない最高級レストランの一つ「タイユバン」、トップクラスの政治家たちがよく利用するという「タイユバン」、東京の恵比寿ガーデンプレイスに初の姉妹店を出して日本でも話題になった「タイユバン」、1カ月以上も前に予約しないとテーブルが取れないという「タイユバン」。私には全く縁のなかったそんなレストランに、フランソワーズの友人ルネのおかげで、たった2日前なのに良いテーブルが予約できた！　事の発端は数日前からパリに出張中の同僚からの「どうしてもタイユバンに行きたい」という連絡だった。言い出したらあきらめないこの同僚のために、友人に相談してみたら取れてしまったというわけで、私もお供をする羽目になった。

8区の閑静なところ（通り過ごしてしまいそうな感じ）にあり、噂ほどの物々しさもなく（慇懃無礼さもなく）、とてもスマートなサービス（さりげなく、しかも完璧なサービス）を受け、ゆったりと自然体（周りのお客は常連かと思えるほど、くつろいでいた）で、お薦め料理を頂くことができた。フランス語のわからぬ同僚は最初やや緊張していたが、ギャルソンたちの巧みなサービスにすっかり魅せられて（年代もののワインの出しかたや、452種類あるというチーズの選びかたなど）、「すべてがアートだなあ」と感心するばかり。毎年、ミシュランが最高の星（3つ）をつけるレストランだけに、料理のみならず、すべてが洗練されている。まさにフランス食文化の粋である。

1月27日～31日　在ポルトガル期間

Ⅴ

2月1日　故郷は遠くにありて思うものなり

パリという街は、しばらく離れてみると妙に懐かしくなるところである。古くには林芙美子が、パリを嫌になり、ロンドンへ行ったものの、やはり、パリが懐かしく戻ってくるという例もあるように、フランス人のみならず、我々外国人（長期滞在者にも短期旅行者にとっても）にすら懐かしさを感じさせる不思議なところである。パリジャンは好きになれないけれども、パリは好きという人も少なくない。不況が続き、治安が悪くなり、物価も上がり、あまり良いニュースは聞かないけれど、それでもやはり、パリには人が集まってくる。パリは誰にとっても故郷になることを受け入れ、拒まない。

S　2月2日　オルガ・ハヴェルの死

夫からの国際電話で、チェコ共和国ハヴェル大統領の夫人が亡くなったことを知った。ハヴェル大統領は、獄中時代に「妻オルガへの手紙」で、精神力を保っていたと夫が話していた。我々夫婦にとってヴァーツラフ・ハヴェルの存在は、直接の面識がなくても大きい。夫にとっては、最近の著書に「中欧からの視線——新生チェコのハヴェルとともに」という項目を割いているくらいだし、私にとっては、フランスで著書を出している劇作家として親しみがある。

その彼の最愛の伴侶が亡くなったと聞き、チェコ大使館経由でお悔みのカードを送った。これは夫からの願いだったのだけれども、ミッテラン大統領の死に対してもメッセージを送った私だから、いたって自然にカードを書いた。こんな習慣は日本ではもっていなかったが、こちらにいると、何の抵抗もなくできてしまうから不思議だ。最初にチェコ大使館に電話をしてお悔みを言った時も、向こうも全く当然のように受けとめて、プラハの住所まで教えてくれた。

2月3日　『アウシュヴィッツは終わらない』

戦後わずか1週間しか経っていない１９４５年8月23日に生まれた私にとって、昨年の夏以来、「過去」が頭から離れなくなった。これまで、自分の未来しか眼中になくのんびりと恵まれて生きてきた私は、戦後50年も経って（つまり、50歳にもなって）、やっと、当時のことが気になり始めたのだ。ちょうど、節目の50年にパリにいたことも幸いして、様々なシンポジウムや出版物に触れる機会が多かったし、サバティカルイヤーで日常生活に追われることなく「過去」を振り返ることもできた。

そんな状況の中で出会ったイタリアのプリモ・レヴィとフランスのシャルロット・デルボの書物は、いずれも「人間とはいかなる存在か?」「人間が尊厳をもって生きるには?」を原点から考え直す衝撃を与えた。二人の著作集を買い求め、今年の読書計画に入れた。その最初がプリモ・レヴィの『アウシュヴィッツは終わらない』だった。先ほど、読み終えたところだが、簡単に感想などを述べられるようなものではない。これらの書物を残して彼自身自殺してしまったのだから。何と重い告白だろう。シャルロット・デルボに関しては、２週間後にロン・ポワン劇場で行われる彼女の作品朗読会に出席してからにしようと思う。

2月4日　太陽劇場とかぼちゃのスープ

モリエールの『タルチュフ』を二人の演出で観比べることができた。ブレヒトのアシスタントをやっていた頃から注目されていたベノ・ベッソン演出の『タルチュフ』は、伝統的で、劇場もオデオン座。ボスニア問題に抗議してハンガーストをやったこともある社会派アリアンヌ・ムヌーシュキン演出のそれは、舞台をアルジェリアに移して、アラブ音楽をバックに、アラブ人の俳優（ややフランス語がわかりにくかったのが唯一の欠点か？）を使って現代風に、劇場はいつもの太陽劇場。現在、最高に評価されている二人の演出家が、奇しくも同時に同作品を掲げたこと自体、話題に匹敵するけれども、ベッソンが国立のオデオン座で数週間上演しただけ（もちろん、連日満員だったけれども）なのに対して、ムヌーシュキンはパリの外れヴァンセンヌの森にある私立の太陽劇場で、もう数カ月も上演しており、まだあと2カ月上演予定である。

今日あたり、もう空いているだろうと思って出かけたのに、何と満席で通路にやっと座れたという次第。サーカス小屋みたいに大きなところなのだが、ぎっしり人で埋まっていた。まるでお祭りみたいな騒ぎだった。おもしろかったのは、アントラクトで、コーヒーを飲む人に交じって、かぼちゃのスープ（ラーメンのどんぶりみたいに大きな器になみなみと入っている！）を飲んでいる人が、かなりいたこと。たった15フランだそうだ。実に、この劇場にふさわしい。

芝居の好きな人なら誰でも、しかも安く（値段は均一で150フラン）、楽しく観られるという上に、テーマを持った質の高い芝居をみせてくれるというところである。ここには私も学生時代、授業として観に来たことがあるが、今日もどこかの先生が生徒たちを率いて来ていた。

2月5日　E・M・フォースター作品の映画化

2年ほど前にフォースター原作の「モーリス」という映画をテレビで観たことがある。パリで随分話題になっていた映画だったけれども、同性愛の話だというくらいしか記憶に留まっておらず、映画館にまで出かけてみようという気がおきなかったのだが、ある日、テレビで放映と知り、ビデオ録画しながら、これを観た。いきなり、最初のシーンから引きつけられ、そのまま最後まで脇目もふらず見続けてしまった。終わると同時に、また、巻き戻して観た。数日おいて再度観た。そして今度はフォースターの本をさがしに本屋に出かけた。つまり、原作を読んでみたくなったのだ。読んだ結果は、「モーリス」のみならず、フォースター全集を求めたいと思った。今、のんびりと英文学をやっている暇などないのに。

フォースター作品に魅せられて映画化に踏み切った監督はアメリカ人のジェームズ・アイヴォリー。今回は、パリで彼のフォースター作品映画化3作目「ハワーズ・エンド」（「眺めのいい部屋」、「モーリス」に続く）が、やはりテレビで観られるなんて、ラッキー。それもアンソニー・ホプキンスとエマ・トンプソンという名優ぞろいで。この作品では、二つの家族、階級、性、人生観の衝突がテーマである。当時としてはパイオニア的な現代女性像も小気味よく描かれていた。

T 2月6日　沈黙の芝居

芝居の醍醐味は役者たちの「まさに芝居がかった」台詞を聴く時にある。特にフランス語自体が音楽性に満ちているので、台詞を聴く心地よさはたまらない。もし、芝居から台詞を無くしてしまったらどうなるのだろうか？　パントマイムやダンスのように身体表現のみのものも存在するが、これらは、やはり、芝居とは少し異なるジャンルである。

実は、今日、広瀬さん（以前、リュセルネール劇場の『星の王子さま』を東京岩波ホール、青山円形劇場に4年連続で呼び、話題をさらったことのある人だ）から、「モリエール賞も受賞したことのあるエマヌエル・ラボリの手話の芝居を東京芸術劇場に呼ぶことにしたのだけれども、台本を翻訳してくれないかしら？」と相談を受けた。92年のモリエール賞で知られているけれども、私は観る機会がなかったので、手話の芝居というものがわからない。しかし、手話という「世界共通の伝達手段」で芝居をするなら、外国語とかのハンデもなく、翻訳も必要ないだろうし、これは素晴らしいと一瞬思ったのだが、何と、残念ながら手話は各国で微妙に違うのだそうだ。手話にも通訳が必要とは。でも、フランスの手話の芝居を日本で紹介し、同じ障害を持つ人たちを励ますことができるなら、手話を習う人が増えるなら、こんなにやりがいのある仕事はない。随分昔、映画の字幕を訳したことはあったけれど、芝居の字幕は初めて。同じ要領でやれるとしても、今回は使命感をもってやらなければ。今年の夏は、これにかかりっきりになりそうだ。

2月7日　I《イ》・U《ユ》・F《フェ》・M《ム》

　ＩＵＦＭ（私には「イユフェム」に聞こえるが）というのは、ランス大学付属教員養成所のことである。学士号取得者以上が入学資格であるし、教職に就くことを希望している学生たちなので、キャンパスの雰囲気も落ち着いているし、学生たちも真面目だ。今日は図書館を利用させてもらったのだけれど、教員候補生たちのために、小・中・高の教科書や参考書が、すべて揃っていて、私には嬉しい資料ぜめ。こちらで、実際のフランス語教育（国語教育）に使われているテキストにふれる機会は少ないので、大助かり。

　ちなみに、日本の学生に参考になるのは、仏文学の講義には、バカロレア向けの高校生用文学アンソロジーがちょうど良いが、作文・文法には、小学生高学年用が、発音・書き取りには、小学生低学年用がピッタリなのである。伝統的なものと最新のものをいくつか出版社に直接注文して入手しておこうと思う。

ℓ　2月8日　オートスコピーとは？

今日は、ＩＵＦＭの最終学年のクラスで「コミュニケーション」という科目の授業に参加することになっている。本来、昨年11月に授業に出席することになっていたのだけれど、例の大型ストのため、地方移動が不可能になっていたので、今日まで延びてしまった。これは教員免許取得に必須な科目で、１コマ２時間、視聴覚室で15人（何と恵まれた理想的な人数であろうか）のクラス。教員にとって生徒・学生とのコミュニケーションが第一なのだから、まさにこの科目は当然必須になるわけだ。

教室に入ると、先生に紹介され、学生たちの笑顔で迎えられた私は短く挨拶をして、まずは授業参観から。「今日と来週は2回に分けてオートスコピーをやります。オートスコピーって何かわかりますか？」と教師が学生に尋ねるが、誰も首をすくめるだけで答えない。もちろん、私もわからない。「Autoscopie《オートスコピー》というのは、自分自身を映像でとらえ、客観的に自分の姿を発見し、より良く直していき、自信をつけてゆくことを目的としています」と言いながら、すでに教師は学生たちに向けてカメラを回していた。小さな備え付けカメラだから、映されているのに気がつかなかった学生もいたが、気づいた学生たちは急に落ち着かなくなり、不自然な態度になっていた。教師が15分ほど喋った後、その間に録画したものを観る。それぞれの学生を拡大で観ることもできる（とても性能の良いこのカメラはソニーの新兵器だった！）し、ぼかしも入れられるし、背景の色も変えられる。スローでゆっくり観ることもできる。

学生たちは自分の姿や他の学生の態度などを、一つずつ、チェック、批評してゆく。2回めは、2～3人にスポットを当てて、演技させる（より良くみえるように）。今度は指名された学生はしぐさにも気をつけている。結果をグループで編集してみる。2時間はあっと言う間だった。私も参加していたから、余計に時間が経つのが早かったのかもしれない。それにしても斬新で面白く、しかも考えさせられる授業だった。

2月9日　1＝2のコンサート

1月に書き忘れたことがある。1月7日から21日まで、パリ市がコンサートに市民をペアで招待するという音楽週間である。

La mairie de Paris vous invite au concert.《ラ・メリー・ド・パリ・ヴ・ザンヴィット・オ・コンセール》
パリ市はあなたをコンサートに招待します。
Prenez une place, venez a deux.《プルネ・ユンヌ・プラス・ヴネ・ア・ドゥ》

1枚チケットを買って、2人でいらして下さい。

という広告が大々的に載って、期間中は335回ものコンサート（53の会場で）が開催されたのである。「パリのアイデンティティーは、文化生活の豊かさにこそ存在する」というパリ市の主張が、こういう形で実行されていくのである。「パリ市の招待」は、演劇、映画、音楽のジャンルに分かれて、普段、財政的に行けない人や関心があまりない人たちにも、チャンスをというもので、大歓迎されている。大体、この国の文化予算は日本とは比べものにならないくらい多いのだ。羨ましいかぎりである。

2月10日　カミュの『転落』

アルベール・カミュといえば、あまりにも有名な『異邦人』（'42）がすぐに思い浮かんでしまうけれど、彼の作品には、世界が何の意味も希望も開示しないという「不条理」の感情が満ちあふれている。「不条理」とは、人間精神の何らかの欠落を指すよりは、否応なくそのような状況に打ち捨てられた人間の目に、突如として実存が正当化不可能な、奇怪で不透明なものとしてたち現れる現象を指すといわれているが、カミュの生きた時代（1913―1960）は、まさに「神は死んだ」後の暗闇の時代の孤独から始まっている。

あまりにも短い生涯の晩年の作品『転落』（'56）を、ロン・ポワン劇場の一人芝居で観てきた。ピエール・タバールの演出&主演。タバールの計算しつくされた演出と主演は、観客一人一人を見つめながら（本当に自分への視線を感じるのだ）、主人公ジャン＝バチスト・クラマンスが問いかけてくる。皮肉に満ちたモノローグには、「善意」と「寛容」の弁護士、「現代社会にピッタリと適応し、輝かしい未来が待っている」はずのクラマンスが、ある日、若い女性のセーヌへの飛び込み自殺に遭遇しながらも助けなかった瞬間から、あらゆる「偽善」から逃避しようとする過程が、ひしひしと伝わってくる。苦悩が、痛みが、観客に伝わってくる。素晴らしい作品と真摯な役者との出会い。それを見せてもらった観客の喜び。

2月11日　ロベール・ドワノーのパリ600景

“Pecheur d'image《ペッシュール・ディマージュ》”（映像の釣り人）と自分を定義していたロベール・ドワノー（1912—1994）は、憎しみと狂気の時代にあっても優しさと人間性を撮り続けた写真家である。94年4月1日に亡くなるまで、実に60年以上もパリ（郊外も含む）の表情を撮り続けた。ヒューマニストそのものであったロベール・ドワノーは、世界的に有名になったBaiser de l'Hôtel de《ベーゼ・ドゥ・ロテル・ドゥ・》ville《ヴィル》（パリ市役所前のキス）を始め、パリの恋人たちを撮ったものも多いが、子供、職人、郊外、「パリ解放」等々、「幸せの瞬間」を探し求めた。

この人の写真からは、人間への愛情が滲み出てくるのだ。そんなロベール・ドワノー大写真展には、パリのマレー地区にあるパリ市カルナバレ美術館がピッタリだった。最終日の今日、長蛇の列にもめげず、やっと彼のパリ600景を観ることができた。彼の写真ハガキで、失われた「パリの優しさと人間性」を皆に送ろう。

V　2月12日　ヴァレンタインデー、ブーケ？　それともチョコレート？

2月14日のヴァレンタインデーが近づくと、日本では街にハートマークとチョコレートが氾濫してくる。年に一度、女性から男性に愛を告白できる日とか言っていた時代が懐かしい。今では、すっかり商業ベースに乗せられて、習慣化し、果ては、職場の人に「義理チョコ」とか、お返し用に「ホワイトデー」なるものが存在している。フランスでは、365日が愛の日々だし、愛の告白に男女の区別もない。だから、特別、2月14日に限って、女性から愛を告白する習慣も必要ないのだ。しいて言えば、この日には真っ赤なバラのブーケを贈る（愛の告白ではなく、愛の確認のため？）人々（ほとんど男性）がいたくらいだと聞いていた。

ところが、数年前から、このほとんど忘れられていた習慣が戻ってきたという。花屋が戸惑うほど、急激に「真紅のバラのブーケ」を求める男性（やはり、ブーケは男性から女性へのもの）が増えてきたのだそうだ。なるほど、街角には、もう明後日のサン・ヴァランタンに合わせて、様々のブーケ（真っ赤なリンゴを添えたブーケもあった！）や、プレゼント用品が並んでいる。この現象について、ある社会学者は「こんな不安な時代だからこそ必要なのだろう。それに、今日、確かなものは何もない、結婚さえも。常に相手を魅了していなければならない」とか。

ちなみに、今朝、我が家にも真っ赤なバラのブーケ（「永遠のバラ」というブーケだそうな）が、昔の悪友たちから届いた。フランス人の友人たちは、粋なことをしてくれる！　すっかり若返った気分で、元気が出てきた。

S　2月13日　真心レストラン

“Restos du coeur”《レスト・デュ・クール》ができて、10年になる。１９８６年の初頭、コリューシュという人気者のコメディアンが、恵まれない人々に“un peu de pain et de chaleur”《アン・プー・ド・パン・エ・ド・シャルール》「少しのパンと真心」をあげたいだけだと言って始めた「真心レストラン」は、現在、２万５０００人のボランティアによって、１５００のセンターで、５０００万食（95―96年）以上も配られている。86年には８００万食あまりだったのに、10年で6倍以上も増加している。今は亡きコリューシュ、「こんなレストランの存在は一刻も早く無くなるべき」と望んでいたのに、逆に急増し、世の中の不況を象徴している。コリューシュを中心に、有名無名の俳優や歌手たちと民間のボランティアたちで始まったこの運動も、こんなに「成功」すると、新たに問題が生まれてくる。こういう存在の「成功」は複雑そのものである。

C　2月14日　18時18フランのシネマ

今日から映画週間が始まった。1月の音楽週間に続くものである。「パリスコープ」という週刊催物ガイド（日本で人気の「ぴあ」はこれを真似たものといわれている）に大きく宣伝されていた。

1996年2月14日～20日
パリ市はあなたをシネマに招待します
18時は18フランです

普段は、大体40フランから48フランだから、半額以下になるわけで、どの映画館も長蛇の列。元々、映画好きのフランス人（特にパリジャン）なので、この映画週間は、前回の音楽週間などよりも、ずっと人気がある。

2月15日　巷のオスカー・ワイルド熱

巷でオスカー・ワイルドが話題になっている。下町にあるアントワンヌ劇場（私立）では、昨年秋から“Un mari idéal《アン・マリ・イデアル》”『理想の夫』（アニー・ドュペレ、ドミニック・サンダ、ディディエ・サンドル主演という豪華キャスト）が上演中（あのスト中さえも満員）で、山の手のシャイヨー国立劇場では、1月10日から3月2日まで“L'Importance d'être constant《ランポルタンス・デートル・コンスタン》”「まじめであることが大切」が上演中（既に最終日まで満席で完売）。いずれも観る機会に恵まれない（チケットが入手できない！）ので、諦めかけていたが、モンパルナスのキオスク（芝居の当日券を半額で売る貴重なところ）で、シャイヨー劇場のチケットは毎日6枚（たったの6人分！８００席以上もある大ホールというのに）用意していると聞いた。キオスクの「お兄さん」（よく行くので顔馴染みになっている）が、他の人にわからないように「明日、正午（営業開始時間）にいらっしゃい。1枚だけ、なんとかキープしておいてあげるから」と言う。半信半疑ながら、翌日正午に行ってみた。もう既に30人近く並んでいたので、駄目とは思いつつも、順番を待ち、例のお兄さんの窓口まで来た。すると、一言「1枚ですね」（他の人がいっぱいいるのだから、うっかり何も言えないではないか）に黙って頷く私。「91フランです（半額の75フラン+手数料16フランという安さ）。良い夕べを！」とにっこり笑顔のお兄さんに、私は、呆気にとられたまま「メルシー」を繰り返す。私の息子であっても不思議はないくらいの若い窓口のお兄さん、きっと前日見せた私の残念そうな顔に同情してくれたのだろう。それにしても、嬉しかった。

フランス人のラテン的なところ（良くも悪くも大ざっぱ、細かいルールは「自分の意志で」適当に破る。信号無視、駐車違反、遅刻等々）が、私をフランス好きにさせているのだ。私自身そんなところがあるから。もちろん、シャイヨーのオスカー・ワイルド劇は文句なしに素晴らしいものだった。久々の英国劇を堪能できた。

2月16日　写楽の名は「洒落臭い（しゃらくさい）」から来た？

篠田正浩監督の「写楽」を観たフランス人たちの反応は二つに分かれる。日本文化の歌舞伎や浮世絵を知らない人は、「江戸時代の豪華絢爛な吉原の存在（彼らにはパリのピガールくらいしか思い浮かばないだろう）と一風変わった絵描きの物語」程度にしか理解していないと思う。歌舞伎とか能に魅かれる芝居の好きな人や、北斎とか歌麿など版画の好きな人は、「歌舞伎の舞台裏、その観客たちの様子、浮世絵画家を育てる版元、北斎と歌麿の違い、謎めいた写楽の発見、おいらんの存在等々」に引き込まれてゆくだろう。私もその一人。写楽という名は「洒落臭い！」と言ったところから、版元の蔦屋が名付けたというのは本当かしら？

2月18日　シャルロット・デルボという女性

昨夕、シャルロット・デルボの朗読会で"Spectres, mes compagnons"《スペクトル・メ・コンパニオン》『精霊たち、私の仲間たち』を読んだ（聴いた）。ロウソクの灯で、かろうじて朗読をするタニア・トレンスという女優の顔が見えるくらいだ。この作品は、以前、根っからの演劇人で名優のルイ・ジュペのアシスタントをしていたデルボが、彼に宛てた手紙（しかし、出す機会のなかった手紙）という形をとっている。デルボが強制収容所に入れられていた時代、彼女は決して一人ぼっちではなかったという話である。あのアウシュヴィッツで、彼女と共にいたのは、彼女が愛したジュリアン・ソレル、オレスト、ハムレット、ファブリス・デル・ドンゴ、オンディーヌ、ドン・ジュアンたち。こういった尽きることのない友人であり、仲間である「精霊たち」のおかげで、彼女は、悲惨な状況でも闘えたし、生き延びることができたというのである。文学の、演劇の、そして人生の素晴らしさを讃美する隠れた傑作である。いつの日か、ぜひ、翻訳してみたい。

2月19日　雪やコンコン、霰やコンコン

これぞパリの冬という感じで、朝から牡丹雪がコンコンと降っている。本当に冷えるので、

横着をして外出せずに、窓から身を乗り出して雪景色を写真に撮る。こんな日は、自宅で「窓の雪」でも眺めながら仕事をするのが、ピッタリ。家で暖かくして居られることの幸せを感じる。とは、言いながら、夕方、買い物に出てびっくり。この寒いのに、映画館の前が長蛇の列。明日まで「18時18フラン」で、映画が安いのは私だって知っているし、利用しているけれど、こんなに雪が降っていて寒いのに、鼻の頭を赤くしながら、楽しそうに並んでいるのだ。なかには、雪合戦に興じている大人（フランスでは雪合戦は子供だけのものではなく、大人が楽しんでいるのを、しょっちゅう見かける）も。昨年末の大ストの時も感じたことだが、こういう状況に文句を言わず（普段、些細なことにも文句を言うフランス人なのに）、すぐに適応能力を示すところは、やはり、カトリックの国で、「すべては神様のなされるままに」？

2月20日　地下鉄の「握手魔ベベル」

一番利用者の多い地下鉄ポルト・ドルレアン～ポルト・クリニャンクール線で、面白い人物に出会った。オデオン駅から乗るや否や、大きな声で一人一人に「まるで、以前からの親しい知り合いかのごとく」笑顔で話しかけながら握手を求めるのである。小柄で色黒のスペイン系と思われる50歳前後の男性で、最初は、酔っ払いか、少し頭が変か、どちらにしても気味が悪いなと眺めていたけれど、危険でもなさそうだし、それに、乗客たちは、ためらいながらも握手をしているではないか。パリには、身体の不自由な人も、心の障害者も、一般人と共に暮らしている。特に、時折、カフェなどに現れる少々“Esprit《エスプリ》 dérangé《デランジェ》”（少しおかしい）の人にも、ギャルソンが辛抱強く付き合っているのを見かけたりして、感心することがある。

今日の出来事も、そんな感じで見ていたが、この握手魔、私のところへもやってきた。“Bonjour《ボンジュール》, ma《マ》 belle《ベル》! Tu《テュ》 es《エ》 toujours《トゥジュール》 ravissante《ラヴィサント》.”「やあ、ボンジュール！　いつものことながら、綺麗だね」と言いながら、顔を覗き込むようにして、握手を求めるのだ。私も、隣に座っていた小父さんと同じように、笑って（かなり無理をして）握手をする。一周したところで、握手魔は「おいらの名はベベル。今、失業中なんだ。働きたいのに仕事がみつからない。可哀想だと思ったら、少し、お恵みを」とお願いの演説をするのである！　乗客たちは、いつもと違う（ミュージシャンなら、数曲演奏してからだし、失業者なら、いきなり困っているからと言って、袋を差し出すのが定番）ので、苦笑しながらも、いつもよりは多くの人が小銭をあげていた。私はといえば、財布にお札しかなく（いつもならコインばかりなのに）、勘弁してもらった。「皆さん、良い一日を！」と言い残して、握手魔ベベルは降りていった。

V

2月21日　我が家の晩餐会

普段は、仮住まいだからという理由で我が家で晩餐会を開いたことはない。簡単な食事で人を招いたことはあるけれど今日は違う。初めて、正式な夕食にビエーヴルの住民たち（ビュッタン家の人々）を招くのだ。彼らの家にはしょっちゅう招待されてご馳走になっている私としては、一度くらい、我が家で晩餐会をしたいと願っていた。問題はメニューだ。フランス人の口にも合う日本料理（彼らは、味に関しては完全にフランス型グルメ人である）にしなくてはならぬ。スキヤキは、以前（といっても、本当にかなり前だけれど）住んでいた頃に、お披露目をしたことがあるから、それを外すとなると。まずは、「京子」（昔からある日本食品店）に行って、考えよう。決まった！「日本レストランでは食べられない洋式日本の家庭料理」ということにしよう。

　さて、今晩のメニューは、アペリティフはランスのシャンパン（いつもの彼らの真似）に、お海苔の付いたおかき（不思議そうに食べていた）。テーブルについたら、スープは麩とワカメの味噌汁（お椀はないので、スープ皿で洋風に）、続いて、サラダは、白身魚やモヤシなどの入った和風サラダ（これは好評で、お醤油を買うとか）。決め手のメインディッシュは、Veau《ヴォー》、仔牛を使った和風シチュー（この辺から、彼らはホッとしたはずだ。おなじみの仔牛料理が出てくるのだから。案の定、一番「幸せそうに」食べてくれた）、ワインはボルドーのサン・ジュリアン92年ものだから、次のチーズ各種（マンスターやシェーブルなど）にもピッタリのはず。最後は「メゾン・ド・カフェ」のコーヒー、「オックスフォード」の紅茶（イギリスからの頂き物）、京都の「一保堂」の極上ほうじ茶（これも日本からのおみやげ）から選択。皆、コーヒーを所望したのに他意はない？　午前1時半終了の我が家の晩餐会は大成功だったようである。

私はといえば、かれらのプレゼントに感激。マリー＝アンジュは苺の刺繍入りナプキン・セットに手作りジャム（当然、苺ジャム）を添えて、ジャン＝フィリップは私のために描いてくれた猫の水彩画２点（彼が有名になる日を待ちつつ）、クリスチャンはボルドーの89年ものの極上銘柄サン・テミリオンを持ってきてくれたのである。まだ雪の残っているビエーヴルから。

2月22日　クレジットカード詐欺の新手

帰国を前に、私の銀行クレディ・リヨネの担当者のところで聞いたカード詐欺の新手を紹介。今、国際電話は米国経由の回線を使って利用するのが流行っている。アメリカのスタンダードを通すと、外国への通話料金が半額になるのである。ちょっと面倒ではあるが、何しろ、日本など遠くて高い国際電話料金を払う我々には、とても重宝で、私もインター・ワールドという会社を通して利用している。月１度、通話明細表と共に請求書が送られてきて、中請済みのクレジットカード（カードナンバーを言わねばならぬ）から自動引き落としとなる。最近はホテルの予約までカードナンバーが必要になってきていて、便利ではあるが、心配でもある。だから、できるだけ小切手を使うようにして、番号は言わなくて済むようにしているのだけれど。問題のカード詐欺の新手とは、昨年秋から日本語の情報紙に「あなたの国際電話料金70％もお安くします！」などという広告が載っていた。一瞬、私も心が動いたのだが、よく考えてみると、大体どこの代理店も半額程度なのに、ここは安すぎて、うさんくさいのでやめたことがある。

案の定、詐欺事件はここから起きていた。「これは安い！」と申し込んだ人たちの何人かが、カードナンバーを利用されて不当に多額の金額が引き落とされていたのだそうだ。カード明細は月1度だし、チェックしない人もいるらしいから、しばらくは発覚しなかったのだろう。これでは「安物買いの銭失い」ではないか。やはり、カードは恐いな。私の利用しているカード会社は大丈夫だったけれど、これも帰国前に早めに解約しておこう。

S 2月23日 「6年後にフランスの兵役廃止」と大統領のテレビ会見

昨夜、20時のニュースで（TF1とF2の共同で）、シラク大統領が重大宣言をした。「6年後に、つまり、2001年にはフランスの兵役制度を廃止する」というのである。フランスでトップの人気ニュースキャスター、アンヌ・サンクレール（週に1度、TF1で、内外の大物との単独インタビューを担当している。吸い込まれそうな紺碧の瞳でみつめられたら、誰もノーと言えないとか）とベテランジャーナリスト、アラン・ジュアメルを相手に、大統領は、かなり厳しい質問に突っ込まれながらも、こんな重大発言をしたのである。当然、今日の新聞はどれも「2001年 兵役よアデュー」とか、「若者は兵役の代わりにボランティアを」など、トップ記事である。これからが大変だぞ。簡単に大統領が宣言したからと言って、「ああ、そうですか」という国民ではないのだから。

T　2月24日　オスカー・ワイルド劇、アントワンヌ劇場の場合

6カ月も上演中だというのに、いままで観られなかった芝居『理想の夫』を、やっとアントワンヌ劇場で観てきた。立席（シネマでもあるまいに、本来、劇場には立ったままで観ることなどできないのだけれど、無理を言ったお客でもいたのかな）の観客もいるのには驚いた。オスカー・ワイルド熱は高まる一方で、シャイヨー国立劇場は連日、新聞に「最終日まで満員御礼」の広告を載せているほど。シャイヨーと違って、こちらは、一番人気のアニー・デュプレ、ディディエ・サンドル、ドミニック・サンダという豪華キャストだから、一層大変なのだ。

女流作家としても活躍しているアニー・デュプレは、他人の「理想の夫」と、昔の恋人であり「誠実なプレイボーイ」を手玉にとる「自由な女性」オリビアの役で、小気味よいほど、演技が自然。彼女と対照的な貞淑な妻（「理想の夫」をもつ）ジェルトルードを演じるのはドミニック・サンダ、誠意あふれるプレイボーイはディディエ・サンドルで、楽しんで役をこなしている（いつもは真面目なインテリの役が多いと思った）。

シャイヨーと違って、前から5列目だったので、役者たちの表情までよく見えて、まさに芝居を堪能した。シャイヨーの規模（実際には、８００席のアントワンヌの１・５倍を収容できるという）と均一料金（１６０フラン）は、芝居好きの若者たち（概して、万年金欠病だ。かって私もそうだった）にもチャンスを与えてくれる（予約さえ早くすれば、最高の席で観ることができる可能性）。アントワンヌ劇場は１８６６年創立という歴史をもっているが、すぐ近くのサン・マルタン劇場とともに、パリジャンたちに最も愛されている私立劇場の一つの典型である。

S　2月26日　ＳＤＦとは？

ＳＤＦという言葉は、冬になると急に目に付くようになる。Sans Domicile Fixe「決まった住所がない人」という意味である。パリの冬の半端ではない寒さが、彼らを襲う。ＳＡＭＵ《サミュ》＝Service d'Aide Médicale Urgente（緊急医療救助サービス）の活躍（特にSAMU Socialが緊急用の宿を提供している）が伝えられているが、ＳＤＦには、「非人間的な大部屋」での宿泊を拒む人たちもいるのだ。フランス全体で、今年に入って、12人のＳＤＦが寒さで亡くなったそうである。パリでは、ボージュ広場のギィー、レ・アールの通称「マミー」76歳。彼らのなかには、ＳＡＭＵの提供する毛布や温かいコーヒーは感謝しつつ受け取っても、「宿」に連れて行かれるのを拒む人もいる。愛犬と別れたくない（犬と共に暮らすＳＤＦも少なくない）、「非人間的な大部屋」より自分の「住み慣れた場所」のほうが良い、等々。「人間の尊厳」をいかにして保ちつつ、生きてゆくかということは、いつの時代も原点の課題である。

C　2月29日　ヨナは魚の腹の中にいたのではなく、原子力潜水艦内にいた？

旧約聖書のヨナ書は、短いが面白い。主《しゅ》の命令に背いたヨナは、主の前を離れて、船でタルシシへ逃れようとするが、激しい暴風に襲われる。ヨナは、水夫たちにこの災いは自分のせいであるからと言って、海を静めるために自分を海に投げ入れさせる。すると、主はヨナを3日3夜、大きな魚に飲み込ませた後、もう一度、命令（「40日を経たら、ニネヴェは滅びる」という預言）を出す。ヨナは今度こそ受け入れ、預言を伝えるが、ニネヴェに災いは起きなかった。何故か。という話だが、これを現在に設定すると、ヨナは大きな魚ではなく、実は原子力潜水艦の中に閉じ込められていた。そして、ニネヴェには原子力発電所が。

S

3月1日　シテ・ドゥ・レフージュ（避難都市）の存在

パリ13区のカンタグレル通りに避難都市Armée du Salut《アルメ・デュ・サリュ》（救世軍）と共に存在している。建物そのものよりも、こういう組織の存在そのものに胸が痛む。日本語では、「救世軍」などと仰々しい名前が付いているが、フランス語のSALUTのイメージは、「救済」というよりも先に「挨拶」という意味のほうが浮かぶし、動詞のSALUERは、「敬意を表わす、歓迎する」という意味である。実際、Armée du Salutの活躍に、仰々しさは見られず、最小限、人間の尊厳が守れるように、淡々と、しかも着実な活動を続けている。避難都市の存在も知られてはいるが、足を踏み入れてみる人は少ないのではないだろうか。大学都市（私も学生時代に半年ほど住んでいたことがある）に集まってくる世界各国の大学生や研究者たちが、若さと希望と未来で満ちあふれているのに対して、避難都市には、その名のごとく、避難にやってくるのだから、おのずから雰囲気そのものが違う。いずれも文化活動を熱心にやっているというところが共通？

昨夜、初めて、この避難都市を訪れた理由は、リュクサンブール教会の仲間に誘われて、「ヨナ」という、牧師の一人芝居を観るためだった。昨日、そのことを書き始めたのだが、ワープロのフロッピーがいっぱい（画面に、「もう、駄目です！」と出てくるのだ。もう、数行入力したいといっても融通が効かぬのが機械の冷たいところ）で、途中でやめさせられた。

旧約聖書の「ヨナ」を現在に置き換えて、ヨナは地方のラビ（ユダヤ教の祭司）、ヨナが投げ込まれるはずの魚は、原子力潜水艦、あとは、ほとんど聖書に忠実。ヨナの友達で猿のブブ（ヨナの影身）だけが、創作の登場人物。入場料は無料だが、観た後で、気持ちを献金するという仕組みも悪くないし、ティーパーティー（終演後）で牧師たちと談笑というのも悪くない。もちろん、芝居が一番良かったけれど。

3月2日　ピーター・ブルックの演劇研究

ピーター・ブルックとかアリアンヌ・ムヌーシュキンが何かに取り組む時は、必ず話題になるほど、彼らの演劇界での影響は大きい。いずれもパリの外れに劇場を持っている。ムヌーシュキンはパリの西のはずれにカルトゥッシュリー、ブルックはパリの北のはずれにブッフ・デュ・ノールを陣頭指揮している。いずれも不便なところにあるので、車を持たぬ私としては、マチネで出かけるしかないが、地の利の悪さにもめげず、いつもホールいっぱいの観客には感心してしまう。

今日は、風邪で眼はウルウル、鼻はフガフガの状態だったのだけれど、頑張って、“qui est là《キ・エ・ラ》?”『其処にいるのは誰だ？』を観てきた。これはシェークスピアの『ハムレット』を中心に、かつての偉大なる演出家たち（アルトー、ブレヒト、世阿弥なども交えて）の演劇研究を試みたもの。ヨーロッパ、アフリカ、アジアと各国の俳優に交じって日本人俳優ヨシ・オイダの演技が輝いていて嬉しかった。

C

3月4日　マルグリット・デュラス81歳、パリに死す

この4月4日に82歳の誕生日を祝うはずだったデュラスが、"C'est tout《セ・トゥ》."『これでおしまい』という最後の作品（出版されたばかり）を残して、昨日、日本では雛祭りを祝う3月3日の朝、亡くなったとのニュースが入った。早速、新聞を買いに出かけて、そのまま、カフェで新聞を読み漁った。小柄ながらエネルギーの塊みたいなデュラスに死は似合わないが、最後の作品タイトルが「以上」というのは、もう彼女なりに、人生の総括を準備していたのだろうか。43年に最初の作品が出版されて以来、50年余りの間に70冊以上もの出版物！　そして、その当初から、フランソワ・ミッテランとの友情が続いていたことは有名であるが、自ら"Mitterrandienne《ミテランディエンヌ》"（ミッテラン派）と名乗っていたデュラスは最後まで彼を支持し「大統領の友」であった。そのミッテランも亡くなり、2カ月後の彼女の死は、一つの時代が終わったことを告げている。

常に「愛」をテーマに、小説、映画、演劇と、多才ぶりを発揮した彼女は、日本でも最も知られている現代作家であろう。『モデラート・カンタービレ』（'58）、『ヒロシマ、わが愛』（'60）、

『インディア・ソング』（'75）、『エデン・シネマ』（'77）、『愛人』（'84）等々、私が読んだ（あるいは観た）ものをすべて挙げることすら難しい。先月から、パリのゲテ・モンパルナス劇場でデュラスの『水と森』が、エリザベート・ドパルデュー（ジェラール・ドパルデューの妻で、彼以上に演技派の女優さんである）の主演で上演中である。帰国前に観に行っておこうと思う。

3月6日　帰国まであと25日

帰国日のフライトが決まった。3月31日（日）19時40分ロワシー・シャルル・ドゴール発の東京行き直行便AF272便。あと25日しかない。昨年の盛夏、7月27日以来、8カ月をパリで過ごしたことになる。フランス人にとって待望のグランド・ヴァカンス（その名のごとく、1年で一番大きな長期ヴァカンス）の時にやってきて、つまり、皆がのんびりしている時にやってきて、皆と一緒に秋の新学年の始まりから厳しい冬を越して、今、こうして春を待っている。皆と同じように、"Joli mai"《ジョリ・メ》「美しき5月」（1年で最もフランスが美しい季節と言われている）まで滞在できないのは残念だけれども、今月に入ってから、もう一日ごとに春の気配を感じる。嬉しくなってくるから不思議だ。パリの冬は2人に1人を「季節的鬱病」にさせるそうだが、わかるような気がする。帰国の準備も、終わりの準備ではなくて、始まりの準備だと思って取りかかれば良いではないか！

Ⅵ 3月7日　プレオー村の田園交響楽

時　1996年3月7日～9日
場所　トゥレーヌ地方プレオー村
登場人物　クリスチャン・ビュッタン（パパ）
フレデリック・ビュッタン（長女17歳）
アクセル・ビュッタン（次女14歳）
ブノワ・ビュッタン（長男11歳）
マリー＝アンジュ・ブリュネ（ママン）
アンリ（ブロワ在住の友人、通称「フランス・プロフォンド」奥深いフランス）
ジェラール（プレオー村の住民、通称「グラン・ゾレイユ」大きな耳）
「フランス・テレコム」（いつも電話局の作業着姿で現れる人）
「ムッシュー」（クレーンを自分の手のように操る人）
その他、インドラ（ビュッタン家のシェパード）、リベルタン（「フランス・テレコム」の犬）、ファニーユ（インドラの仲良し犬）、馬4頭

ビュッタン家の自宅があるビエーヴルには数え切れないほど何度も行ってるけれど、セカン

ドハウスがあるプレオーは2年前（「引っ越し祝い」に村人を交えて150人も招いたというミニコンサートを開いた時）に初めて来て以来、2度目。今回は私たちだけの水入らず（前回は三十数名の泊まり客がいた！）で、のんびりと、2泊3日のお城暮らしである。このあたり、トウレーヌ地方は、「フランスの庭」と言われ、フランスの歴代の王様たちが競って城を建てたところで、その数は大小含めて200以上とか。

ビュッタン家の城は小さいとは言いながらも20ヘクタールもの敷地に、中世（12〜13世紀）、17世紀、19世紀と、建物の部分が分かれ、さらに使用人たち用の建物（もちろん、今は誰も住んでいないので、廃虚に近く、子供たちの遊び場になっている）や馬小屋、鳩小屋などが健在である。驚いたのはチャペルやワイン製造所まであること！　今回の私の部屋は「女王の部屋」、中世期の部分で、恐ろしく高い天井に、踊れるほど広いバスルーム、塔の部分がトイレだった。この部屋だけで、パリの私のアパルトマン（35㎡）がすっぽり入ってしまう。今日のところは、末っ子のブノワが小型トラクター（まだ11歳の子供の運転でも大丈夫な簡単なものだが、少々ヒヤヒヤさせられた）に私を乗せて、敷地内を案内してくれた。生き返るような自然の素晴らしさを満喫。フレデリックとアクセルはやはり女の子だ、台所でママンの手伝い。夕食のデザートはフレデリックの「ジョルジュ・サンド家のレモンパイ」だそうである。アクセルは朝食用に自家製ヨーグルトを作っている。クリスチャンは暖炉に薪を用意している。ほのぼのとしてくる光景だ。

70 3月8日「奥深いフランス」とは？

昨夜は夕食後に、ゲーム（子供の相手）、おしゃべりとワイン（大人だけ）と続き、夜更かしをしたので、今朝はすっかり寝坊をしてしまった。「女王の部屋」が快適すぎるせいだ。10時半頃に起床、朝風呂に入った後、窓から外を眺めると、もうパパと子供たちはスコップ片手に何やら「仕事」（本人たちは仕事と言っているけれど、私に言わせれば庭いじりは遊びだ）をしている。

私の遅い朝食に付き合いがてら、皆、ドヤドヤと台所に入ってきた。私の見知らぬ顔はプレオーの村人たちだそうだ。リベルタンという愛嬌のある犬と一緒にやってきたのは通称「フランス・テレコム」、いつも夜は酔っ払っているというが昼間は内気なジェラールは耳が大きいので通称「グラン・ゾレイユ」、今日特別にクレーンを操縦してくれるという「ムッシュー」。彼らは普段ほとんど留守にしている城を守ってくれている人たちだ。庭の手入れ、畑の収穫、電気や水回りの点検など。それにもう一人、隣町のブロワから84年のワイン（末っ子ブノワの生まれた年！）を抱えて遊びにやってきたアンリがいる。この人は一昨年夏の「引っ越し祝い」の時にも来ていた。ワインのことなら何でも知っている。今日は奥さんも子供もブロワに残して自分だけで来ている。クリスチャンの飲み友達、喧嘩友達といったところだろうか。二人とも50歳前だというのに、まだ「格闘」をするのだ。フランス人は大人になっても雪合戦をするので驚いた私だったが、雪などなくても「格闘」をするのには絶句。私の呆れ顔を見て、アンリは「フランスの表面だけをみてはいけないよ。美味しいワインを楽しむ、さらに楽しむ、大人になっても少年の気持ちを忘れない、無邪気に。但し、子供の前ではタブーだけども。これがフランス・プロフォンドなのさ」とニヤリ。クリスチャンと私は彼を「フランス・プロフォンド」と名付けた。「フランス・プロフォンド」の名にふさわしく、彼はクリスチャンと仮装大会（プレオー村で初めて来月のイースターに企画しているのだそうな）に出る扮装のことで話し込んでいた。どうやら三銃士をやるらしい。

後でマリー＝アンジュが私に耳打ちしたことによれば、都会人クリスチャンが限界までためていたストレスはプレオーの村に来てからなくなったそうである。もっともまだ飼い葉アレルギー（都会人に多い）は、治っていないけれど。

今日は私も膝上までのゴム長靴にカウボーイハットというスタイルで、「仕事」を手伝った。手つきは良いが捗らないと言われてしまった。馬の鼻を撫でたり、犬に棒高飛びを教えたり、裏の小川（敷地内に川まである！）で遊んだり、「仕事」をするにはあまりに環境が良過ぎる。

㉑　3月9日　22年ぶりでも「デジャ・ヴュ」のトゥール市

今朝も「女王」をして寝坊、一番遅い朝食だろうと思いながら台所に行くと、ブノワが一人で朝食を取っている。おはようのキスをしながら、「珍しいのね、こんなに遅く」と言うと、キリリとした顔で「颯枝、僕は7時半には起きてたよ。ムッシュー（彼は、大型クレーンを操縦している人を限りなく尊敬している）のために、クレーンを磨いていたんだ。これからご褒美にクレーンに乗せてもらうんだぞ」とのたまう。そういえば、私も子供の頃、制服姿に白い手袋でハンドルを握るバスの運転手さんを限りなく憧れの眼で見つめていたものだった。クレーンに乗っているところを写真に撮る約束をして、私は急いで朝食を終えると、皆が集まっている裏の敷地（川向こうに乗馬用の敷地がある）に出かけた。いるいる！　ブノワがクレーンの操縦席に一人で神妙な顔をして座っている！　心優しい「ムッシュー」は下から少年に指示しながら、「大きな手」を操らせている。遠巻きにパパ、ママン、姉妹たちが眺めている、皆、眠そうな顔で。実は昨夜、慣れぬ野良仕事で身体が痛いという彼らに、私はバレエの基礎レッスンをしたのだ。バレエの基本はヨガと同じく身体全体を動かし柔軟にするので、皆で楽しんだ（苦しんだ?）。やはり「フランス・プロフォンド」とクリスチャンが、一番身体が固いが一番熱心だった。これがフランスのインテリたちの姿とは考えられないなあ。すっかり私も立ち直れないくらいはまってしまった。このまま居たら浦島太郎（花子?）になってしまうが、今日中にパリへ帰らねばならないので、「玉手箱」をもらって、夕方にはトゥール市へ。

実は22年ぶりのトゥール市なのだ。前回のプレオー村訪問は車だったので、トゥール市を経由していない。今回はＴＧＶで来たのでトゥールに寄ることができた。この町は私が初めてフランスの学生生活をしたところ。73年から74年までの1年間、ここでフランス語を学んだ。朝

8時45分から午後5時までみっちりと。市立の女子学生寮にいたので門限も厳しかったのを覚えている。この1年間で、私はフランス語の初級クラスから上級クラスまで一挙に上がっていった。現在の私は、ここから始まっているのだ。22年ぶりの「我が街」を一人で歩きたく、ビュッタン家の人々とは駅で別れて、「デジャ・ヴュ」のトゥール市旧市街を散策。不思議なほど変わっていない、唯一、新しい建物は駅前のパレ・ド・コングレ（国際会議場）くらいだろう。セーヌ河の前に知ったロワール河をウイルソン橋から眺める。時は過ぎゆく、ロワールは流れる。

J　3月10日　父と娘

2泊3日の田園生活とは打って変わって、今日は都会文化生活。ヴュー・コロンビエ座でラシーヌの『ミトリダート』を観てきた。今回の目的はダニエル・メズギッシュの演出だった。ソルボンヌ時代に彼の演出で観た『ハムレット』は忘れられない。ハムレットとオフェリア、それぞれに影身をつけたのである。舞台にはハムレットが2人、オフェリアが2人登場していた。斬新そのもので、私は「これぞ、演出の醍醐味だ」と思ったものだった。彼は役者としても素晴らしいが、やはり演出家として全うしてもらいたい。

今日、舞台を観て驚いたのは、演出よりも、彼と瓜二つの娘サラ・メズギッシュ。脇役で出ただけだが、発声からしてしっかりしているし、演技も半端ではない。父の演出のもとで、娘が演じる。子供が親の職業を受け継ぐ意志を示すということは、親の生き方に子供が同意、共感を覚えているわけで、親は自信を持って良いのではないだろうか。日本では仲代達矢とその娘が役者親子ぶりをみせているのが印象的だし、納得できるものがある。

3月14日〜17日　在イギリス期間

Ⅴ

3月18日　皆さんへの帰国通知

パリ　1996年3月18日

街のチョコレート屋さんに早々と「復活祭の卵」を見かけるようになりました。暗くて寒くて長い冬から解放され、春らしい兆しがもうあちこちにみられます。残念ながら私のサバティカルイヤーは春の到来とともに終わりを告げ、私は復活祭を待たずに帰国することになりそうです。パリ出発日は3月31日19時40分発のＡＦ２７２便で、成田到着は翌4月1日（エイプリル・フールの日ですが大丈夫でしょうか?）14時25分です。大学の入学式が翌日２日ですから、きっと時差ボケのまま、出席することになりそうです。

今回の在仏中は本当に次から次へと事件の連続でした。爆弾テロ、核実験再開、長期のゼネスト、ミッテラン前大統領の死、兵役廃止宣言等々。私事では、今年の年頭に、アパルトマンの1階（レストラン）が火事になり、5階の住民である私は、他の階の住民と共に煙に巻かれて、深夜、救急病院へ運ばれるという事件がありました。幸い、大したことはなかったのですが、病院では私の「危機管理能力」を誉めてくれました。それ以外は順調そのもので、ランス大学（私はここの在外研究員として招かれていました）での講義参加や、研究会出席、演劇関係の資料蒐集（特に19世紀の劇場資料）など、おかげさまで充実した日々でした。最後の旅行はロンドンとオックスフォードで、１５５５年創立のセント・ジョンズ・カレッジでは校内のレストランで学生とともに食事をし、１１２１年に建てられたというクライスト・チャーチでは聖日礼拝に出席、聖歌隊の天使の声に耳を傾けていました。

今後の主な予定はランス大学最終訪問、リュクサンブール・プロテスタント教会での証《あかし》（受洗前の若者たちに話をしてほしいと頼まれ、断れませんでした）、引っ越しの荷造り（これが一番やっかい）。

帰国後は、フランスで充分に貯えたエネルギーを源に、気分も新たに「活躍」するつもりですが、張り切りすぎてダウン（私の場合、いつもこのパターンになってしまう）しないように気をつけます。

季節の変わり目です、お身体を大切に
在仏中に頂いた励ましのお手紙に感謝しつつ

Satsue YAMAMOTO-KANOSE
7, RUE DES QUATRE-VENTS, PARIS-75006, FRANCE

3月19日　帰国用荷造り開始
3月20日　ランス大学本部に帰国挨拶
3月21日〜27日　姪のパリ在宅期間
3月28日　家主との賃貸契約解約手続き
3月29日　引っ越し航空貨物（アナカン）引き渡しと電気・電話停止届
3月30日　帰国前夜のホテル・ドゥ・グローブ泊
3月31日　ＡＦ２７２便にて帰国の途に

「あとがき」に代えて

本書は実に多くの人たちの不思議な力で陽の目を見ることができた。文字通り心身ともに守られ、支えられてきた。皆さんの存在なしに本書は生まれなかっただろう。心より感謝申し上げたい。

2017年4月5日に私を見事に「再生」させてくださった自治医科大学附属さいたま医療センター心臓血管外科主治医・執刀医の堀大治郎先生をはじめとする7人の若き医師団、入院中に励ましメールを送ってくださった日本キリスト教団池袋西教会主任牧師丸山和則先生、祈り見守ってくださった教会員の方々、

今回、文芸社で出版の推薦をしてくださった川邊朋代さん、原稿用紙300枚近い素稿と格闘し、整理編集してくださった今泉ちえさん、

そして、1995年から1996年のパリ滞在中、落ち込んだ私をたびたび励ましてくれた教会の留守番電話（週替わりの3分間伝道メッセージ）を残してくださった元池袋西教会主任

牧師小倉和三郎先生、

最後に、30年近く勤務していた聖学院大学で、私が教員1年生だった時から今も交流の続いている1期生たち、歴代のゼミ生たちにも「ありがとうMerci」を伝えたい。

もちろん、夫が時には議論、時には激励、良き「伴走者」であったことは、忘れないでおく。

追記　昨年末から続いていたフランスの長期ストが収束に向かい一息ついたところで、今度は中国を発生源とする新型コロナウィルス肺炎が世界中に蔓延し始めた。この深刻な状況を考えると、またしてもパリ行きは、当面断念せざるを得ないであろう。

一日も早い終息を祈りつつ

２０２０年　２月14日

鹿瀬　颯枝

テーマ別 索引

【Théâtre（演劇）】

【Culture（文化）】

【Société（社会）】

テーマ別 索引

【Vie（生活）】

著者プロフィール
鹿瀬 颯枝（かのせ さつえ）
1945年 8 月　東京都生まれ
1969年　明治学院大学文学部英文学科卒業
1981年　パリ第 3 大学大学院文学研究科博士課程（D.E.A.）修了
1989年　パリ第10大学大学院文学博士号（Docteur ès Lettres）取得
1988年～2014年　聖学院大学専任教員
2015年～現在　聖学院大学名誉教授

関連著書：
Alfred de Musset — Un dramaturge français shakespearien（ANRT, 1989年）
『フランス四季の便り』*Lettres des Quatre Saisons*（白水社、1993年）
Poétique de Musset（PURH, 2013年）共著

月刊誌『ふらんす』（白水社）連載
「舞台裏ノート」（2001年度）
「コメディー・フランセーズ今昔物語」（2003-2004年度）
「劇場への招待」（2005-2006年度）

ふりむけばパリ　1995－1996

2020年 5 月15日　初版第 1 刷発行

著　者　鹿瀬 颯枝
発行者　瓜谷 綱延
発行所　株式会社文芸社
〒160-0022　東京都新宿区新宿1－10－1
電話　03-5369-3060（代表）
03-5369-2299（販売）

印刷所　株式会社フクイン

ISBN978-4-286-21526-6